Claire Beyer

Remis

Roman

FRANKFURTER VERLAGSANSTALT

1. Auflage 2006

Umschlaggestaltung:
Laura J. Gerlach, unter Verwendung
eines Ölgemäldes von Karin Kneffel
(o. T., 2004, 190 x 100 cm)
Herstellung: Thomas Pradel, Frankfurt am Main
Satz: Fotosatz Reinhard Amann, Aichstetten
Druck und Bindung: GGP Media GmbH, Pößneck
Printed in Germany
ISBN 3-627-00132-X
1 2 3 4 5 – 10 09 08 07 06

Ein Boot segelt immer in der Nähe der Nacht.

Für Corina

Keiner kann ohne Wurzeln leben, sagt Friedrich. Ich schon, denkt Philipp, sagt es aber nicht. Schließlich haben seine Frau Kira und er gerade den Schlüssel für das Haus in Südfrankreich bekommen. Es ist Friedrichs und Margaretes Haus, steht mit dem Rücken zum Berg und weit entfernt vom Meer. Verborgen in einem Tal der Pyrenäen. Auch Margarete verbirgt sich. Weinend sitzt sie in ihrem Zimmer am Fenster. Greta, liebe Greta, ruft sie, steh auf. Der Wächter hat das Land verlassen. Ich brauche deine Augen für die schwarzen Nächte der Vergangenheit und deine Lieder für die Tage der Löwen.

*

Vom Briefkasten bis zur Wohnungstür sind es neunundvierzig Stufen und bis sie dort angelangt ist, hat Kira die Titelseite der Tageszeitung gelesen, Bankauszüge geöffnet oder Abrechnungen der Energiegesellschaft überflogen. Andere Briefe klemmt sie unter den Arm, aber die sind selten. Für Post solcher Art braucht sie Zeit und, wenn möglich, eine Tasse Tee und einen aufgeräumten Schreibtisch. Am Tag vor ihrer Abreise in die Ferien lag ein handschriftlich adressiertes Kuvert im Briefkasten. Es sah wertvoll aus zwischen all den bunten Prospekten und Werbebriefen.

Kira brühte Tee auf, räumte die Mitte der Schreibtischauflage frei und griff nach dem Brieföffner mit den orientalischen Ornamenten. Sie schob ihn sacht in die kleine, nicht gummierte Lücke und zog den Öffner vorsichtig hoch und längs, das Kuvert sollte nicht zerreißen. Auf der Rückseite fehlte der Absender. Erst jetzt las sie gründlicher, sah, der Brief war an ihren Mann gerichtet.

Sie sprang von ihrem Stuhl auf, legte den Umschlag zur Seite und lief zum Fenster. Das kann passieren, wird sie ihm sagen, es tut mir leid, ich hatte mir nichts dabei gedacht, aber du bekommst so selten Post und deine E-Mails lese ich auch nie, wie du ja weißt, weil du die Posteingänge überprüfst. Es ist also ein Versehen und ich entschuldige mich dafür.

Warum war sie nur so atemlos bei ihren gedanklichen Entschuldigungsritualen?

Zurück an ihrem Schreibtisch nahm sie das Kuvert, las noch einmal den Namen ihres Mannes, Philipp Assmann. Er war richtig und weich mit einer königsblauen Tinte geschrieben, die einen kräftigen Farbton hinterläßt. Vom Poststempel konnte Kira nichts ableiten. Briefzentrum, das war gerade noch zu entziffern, das Datum war verwischt.

Kira wog den Umschlag. Er war leicht, ein Hauch nur,

vielleicht lag ein Arztrezept darin. War Philipp beim Arzt gewesen? Hatte er ihr das verschwiegen? Vielleicht wollte er sie nicht beunruhigen. Sie ist seine Frau und hat das Recht zu erfahren, weshalb er beim Arzt war, in seinem Alter. Sie wird den Inhalt herausholen, jetzt, wo der Brief schon offen ist.

Mit dem Nagelrücken des Zeigefingers drückte sie den Umschlag leicht auseinander, schloss ihre Augen und griff hinein. Sie fand kein Rezept, kein gefaltetes Blatt, noch nicht einmal einen Zettel. Kira sah auf den Boden, auch dort lag nichts. Ihr Mann hatte einen Brief ohne Inhalt bekommen.

Der Tee war kalt geworden, sie trank hastig. Das Kuvert ließ sie nicht aus den Augen. Die Schrift verschwamm, sie sah eine Hand, die den Federhalter führte, blickte auf einen nackten Arm, sah Schultern, auf denen Haare spielten. Der beschriebene Bogen wurde gefaltet aber nicht eingesteckt. Seine Zeit würde noch kommen.

Kira strich über das Papier, ließ Mittelfinger und Daumen schnipsen, dann verschwand das Bild. Sie würde Philipp fragen. So lange blieb es ein Brief ohne Inhalt. Er wog schwer, als sie ihn in ihre Handtasche schob und die Tasche verschloß.

Kurze Zeit später zog sie das Kuvert wieder hervor. Vielleicht sollte sie es besser auf Philipps Schreibtisch legen oder auf die Kommode neben der Eingangstür, wo sich neben dem Schlüssel Einkaufszettel und Quittungen stapelten. Dann könnte sie ganz nebenbei sagen, dort liege ein Brief für ihn, sie habe das Kuvert aus Versehen geöffnet. Keine Entschuldigung, keine Erklärung.

Sie öffnete das Fenster, wollte hören, wenn sein Auto in den Hof fuhr.

*

Margarete kam nicht aus ihrem Zimmer. So sehr Friedrich auch bat, sie erwarteten heute doch Gäste, Margaretes Raum blieb geschlossen. Friedrich war voller Sorge. Leise sprach er durch die Tür, bis er wortlos davonschlich. Es war wieder einer dieser Tage, an denen es keinen Sinn hatte, beharrlich zu sein. Aber Friedrich war gewohnt zu warten. In Afrika hatte er immer gewartet. Auf den Regen, auf den Schatten, überhaupt auf alles, was die Sonne vergessen ließ. Auch als sie von Namibia zurückkehrten, nichts als wenige Habseligkeiten hatte ihnen das Feuer gelassen, war es von ihm geduldig getragen worden.

Begann damals Margaretes Krankheit? Friedrich hatte vieles versucht. Ärzte, Psychologen, das Haus in Frankreich. Es war ihr einziger Besitz. Natürlich hatte er zuerst daran gedacht, in die Pyrenäen zu übersiedeln, um dort zu wohnen. Aber schon als sie die Wolfsschlucht zum ersten Mal aufsuchten sah er, das war kein Haus um darin zu leben, das war ein Versteck, ohne Nachbarn, ohne Strom. Friedrich konnte nicht verstehen, warum sein Vater gerade hier ein Haus gekauft hatte. Seine Familie war um die Jahrhundertwende nach Namibia ausgewandert, eine unter tausend, sie hatten nichts zu verbergen. Kein Geld und keine Vergangenheit.

Aber Greta sagt ...

Es war in Pas du Loup, als Margarete zum ersten Mal von Greta sprach, dem schwarzen Kindermädchen, die zu ihrer imaginären Begleiterin wurde, als Greta längst tot war. Friedrich hatte es lange als Spiel Margaretes mit der Erinnerung an Afrika gesehen, bis er sich vor Greta zu fürchten begann.

Was sagt Greta? fragte Friedrich.

Nichts, ist schon gut.

Bereits nach ihrem ersten Besuch hatten sie das Haus in der Wolfsschlucht vergeblich zum Kauf angeboten und schließlich behalten. Inzwischen war eine kleine Siedlung dazugekommen – und Strom. Rentnerehepaare, die im Süden Frankreichs ihren Lebensabend verbringen wollten, Belgier, ein paar Deutsche lebten dort. Nur wenige Einheimische aus den umliegenden Orten. Unternehmer und Architekten, denen die Träume nach Ruhe und Abgeschiedenheit in naturbelassenen Gebieten Geld in die Taschen gespült hatten.

Friedrich und Margarete waren, wann immer es ging, nach Pas du Loup gekommen, obwohl Margarete sich dort nie richtig wohlfühlte.

Laß uns zurückfahren, sagte sie oft, kaum daß sie angekommen waren.

Friedrich konnte sie beruhigen, aber es schien ihm, als tausche sie, wenn sie in Pas du Loup waren, nach und nach die Welt des kleinen Tals mit ihrer eigenen, die nur in ihrem Kopf stattfand. Und Margarete gab keines ihrer Geheimnisse preis. Was sie fühlte, was sie dachte, was sie wußte, blieb verborgen.

*

Philipp kam später als sonst, warf die Tür hinter sich zu, rannte wortlos an Kira vorbei. Kurz darauf hörte sie das Wasser der Dusche. Kira verstand nicht, was er rief und reagierte auch nicht darauf. Wenn er Ärger in der Agentur hatte, schrie er die Kacheln an, hämmerte dagegen und kam irgendwann nackt und tropfnaß ins Wohnzimmer. War seine Wut verflogen, berührte sie seine Schultern. Komm, sagte sie dann, erzähle.

An diesem Abend wartete Kira, war dann in ihr Zimmer gegangen, hatte den Koffer auf das Bett geworfen und begonnen, Wäsche und Kleider hineinzupacken. Sie schien ihn nicht zu bemerken, als er eintrat. Jetzt hätte sie ihm den Umschlag geben sollen.

Aber Philipp war mit seinen Gedanken noch immer in der Agentur.

Der Ärger ist ein Siebentöter, er spießt seine Opfer an Dornen auf. Kiras Großvater war ein Quell fragwürdiger Weisheiten, die, mit tiefer Überzeugung vorgebracht, auf das Kind, das sie zu seinen Lebzeiten war, tiefen Eindruck gemacht hatten. Die Sache mit dem Brief, das war mehr als ein Ärger. Sie war wütend und verstört und hätte nicht weitergepackt, wenn Philipp sie nicht dazu angehalten, angetrieben hätte.

Sie waren mit Friedrich und Margarete Fellbrügge verabredet. Der Schlüssel für das Ferienhaus in Südfrankreich mußte abgeholt werden und dazu Instruktionen, die das Anwesen betrafen. Sie fuhren zum ersten Mal nach Pas du Loup. Ein Domizil nahe der spanischen Grenze, das ihnen zu ihrer Überraschung umsonst zur Verfügung gestellt wurde. Denn sie waren in Hamburg nur Nachbarn, die sich grüßten und einige Worte wechselten. Aber seit Philipp das Auto von Friedrich zur Werkstatt geschleppt hatte, trafen sie sich hin und wieder auch zu einer Tasse Tee.

Umso größer das Erstaunen, als Friedrich ihnen bei einem solchen Zusammensein dieses Angebot unterbreitete. Vor zwei Jahren seien er und Margarete das letzte Mal in Pas du Loup gewesen. Ein Haus aber altert und stirbt, wenn das Leben aus ihm verschwindet. Die beiden sollten hinfahren, die Fenster öffnen, reden und lachen und sich dort wohl fühlen. Sie sollten Musik hören und den Räumen mit ihrer Anwesenheit wieder Bedeutung geben. Jetzt, da der Sommer fast vorbei wäre, herrschten dort wunderbare klimatische Bedingungen. Es sei nicht zu heiß und, bis auf die Nächte, noch nicht kühl. Aber der klare Sternenhimmel versöhne mit allem.

Kiras Vermutung, sie müßten als Preis für das Angebot in nächster Zukunft die Lebensgeschichte der Fellbrügges ertragen, schien sich an diesem Abend zu bestätigen.

Friedrich holte weit aus. Er sei gerne in Pas du Loup gewesen, anders als seine Frau. Sie mochte das Haus nicht, das noch sein Vater gekauft hatte. Aber Margarete fühle sich auch in Hamburg unbehaglich, sie käme kaum aus ihrem Zimmer und wann er ihre Stimme zum letzten Mal gehört hätte, könnte er nicht sagen.

Sie hat die Rückkehr aus Namibia einfach nicht verkraftet. Namibia war ihr Zuhause.

Wäre die Farm nicht abgebrannt, noch heute würden sie in Afrika leben. Marodierende Banden seien über ihren Besitz hergefallen. Im Feuer hätten sie alles verloren und manchmal überlege er, ob damals nicht auch der Verstand seiner Frau verlorengegangen war. Sie habe sich davon nie erholt. Und Greta fehle ihr so, Greta das schwarze Hausmädchen. Daß sie die tote Greta vermisse, das allerdings wäre für ihn ein Rätsel.

Friedrich stand auf. Er trug ein weites, mit Tiermotiven bedrucktes Baumwollhemd, das mit uralten, aus

Elfenbein hergestellten Epika-Knöpfen verziert war. Er erklärte es den beiden, weil er ihren Blick auffing.

Das ist alles, was mir von Afrika geblieben ist.

Mehr als der Elefant jetzt noch hat, dachte Kira. Wie du mir, so ich ...

Die Farm ist niedergebrannt – wie unsere Jahre – und nur schwer haben wir uns in Deutschland eingelebt. Als stünde in meinem Paß ein Stempel mit dem Aufdruck Versager. So sieht man uns hier, sagte er, und als Kira mehr wissen wollte, schüttelte er den Kopf, als lohne sich das Erzählen nicht.

Dabei hätten sie sich nichts vorzuwerfen, er, gerade er habe sich nichts vorzuwerfen. Wir sind eben zu alt, um neue Freunde zu finden und zu jung, die früheren zu vergessen. Aber gute Nachbarn können wir werden und das sind wir doch, seit einigen Jahren. Aufmunternd sah er auf Philipp.

Also, da habt ihr jungen Leute den Schlüssel und denkt daran, den Goldregen an der Auffahrt zu fotografieren, auch wenn er längst verblüht ist.

Er brachte sie zur Tür. Als Kira sich zum Weggehen wandte, glaubte sie ein Weinen zu hören. Aber das konnte auch der Wind gewesen sein.

Auf den wenigen Schritten des Nachhausewegs kam ihnen der Regen quer entgegen, ungewöhnlich kalter Regen, obwohl der September gerade erst begonnen hatte. Kira hielt den Schirm schützend vor sich, Philipp hatte seine Kapuze tief ins Gesicht gezogen. Zwischen den beiden schossen Wind und Regen wie durch eine Gasse. Sie schwiegen nachdenklich, sprachen auch beim Weiterpacken der Koffer kaum.

Zwei Stunden nach Mitternacht luden sie das Gepäck in den weißen Saab. Die Tankfüllung sollte bis Frankfurt reichen, 500 km etwa und ein Viertel der gesamten Strecke. Sie brauchten nach vielen Fahrten in den Süden keine Karten mehr, dennoch steckten sie für den Notfall einige ins Handschuhfach. Falls sie ausweichen mußten oder eine Stadt abseits der Strecke besuchen wollten.

Früher hatten sie das oft gemacht. Aber damals gab es kein Ziel, das sie direkt ansteuerten. Sie buchten spontan kleine Hotels an Flüssen und Seen oder die günstigeren, die in der zweiten Reihe lagen. Philipp sprach davon, dies wieder einmal zu tun, aber es kam nicht dazu, weil Kira die Kosten zu bedenken gab oder klagte, die Abstecher würden sie zu sehr anstrengen. Dabei liebte sie solche Stippvisiten, gerade in Frankreich.

Das Deutschland südlich von Hamburg bestand für sie nur aus Autobahnschildern oder Wetterkarten, Harz und Rhön waren lediglich Namen, Flüsse nichts als Brücken. Auch Weinberge kannte Kira allein aus Büchern oder Zeitschriften. Im Süden Frankreichs wuchs der Wein auf ebener Erde. Die paar Orte, die sie jemals in Niedersachsen oder Hessen angesteuert hatten, waren in der Erinnerung versunkene Kirchen, Gasthöfe, Schlösser.

Philipp fuhr schnell, der Lärmpegel im Innern war zu hoch, um eine Unterhaltung zu führen. Kira verschlief das Schild Hannover und wachte auf, weil es plötzlich still geworden war. Der Verkehr stockte.

Was ist?

Weiß nicht. Schlaf doch weiter.

Aber sie suchte schon nach dem Hebel für die Rückenlehne. Stellte sie gerade.

Das geht ja gut los.

Auf der rechten Spur rollten die Autos langsam an ihnen vorbei. Blicke, neugierig aus dem geschützten Raum heraus, streiften, von Scheinwerfern erhellt, ihr müdes Gesicht. Zwischendurch der Unterbau eines LKWs und Kinder, die sich, aus dem Schlaf gerissen, einen Spaß daraus machten, die Zunge herauszustrecken. Angestrengte Fahrer, den Oberkörper auf das Lenkrad gelehnt, es dabei ganz und gar umfassend, andere, Pappbecher zum Prosit angehoben und jene, die sich aus dem Seitenfenster lehnten in der Hoffnung, den Grund der Behinderung auszumachen.

Auf Höhe der Unfallstelle sahen sie Krankenwagen, die die Heckklappen weit geöffnet hatten, Polizisten, Abschleppwagen. An der Leitplanke hockte, eine graue Wolldecke über den Schultern, eine junge Frau. Sie hatte den Blick starr geradeaus gerichtet, über die blinkenden Lichter, über die Autobahn, über die Bäume hinweg. Als ginge sie das alles gar nichts an, als wäre sie zufällig in diese Inszenierung geraten. Neben ihr lag, mit einer Plane zugedeckt, das Unfallopfer auf dem Boden. Keiner schien sich um die beiden zu kümmern.

Bestimmt ihr Mann, sagte Kira.

Manche Frauen mögen es, wenn der Mann den tragischen Helden gibt!

Philipp versuchte es als Witz aussehen zu lassen und hob beschwichtigend die Hand. Früher wäre Kira darauf eingegangen. Um den Schock zu verkraften, wie sie für sich entschuldigend entschieden hatte. Aber wenn auch nur der leiseste Verdacht besteht, ein solcher Wunsch könnte Wirklichkeit werden, ist diese Ausrede verloren.

Die Maschinerie war längst angerollt. Die Straße war gesichert, Autofahrer, Gaffer, Mitfühlende, Eilige und Gelassene wurden möglichst schnell vorbeigeleitet, Fotografien und Skizzen für Versicherungen und die Strafgerichte erstellt. Eingespielt, zügig. Platz und Zeit für Worte oder den Moment des Innehaltens wird in Dienstvorschriften nicht definiert. Langsam rollen die Autos an der Unfallstelle vorbei, dann nimmt der Verkehr wieder Fahrt auf. Für eine kurze Zeit noch gilt Rücksichtnahme. Bitte fädeln Sie ein, deuten freundliche Handbewegungen, ernste Blicke von Fenster zu Fenster, Arme werden gehoben als Zeichen des Bedauerns. Tod und Unglück als trügerisches Zeichen, eine Nähe, die es nicht gibt. Bald ist alles wieder eine Masse, eine Lawine, ein Troß in den Süden. Es wird gedrängelt und aufgeblendet, die verlorene Zeit muß eingeholt werden, ein dumpfer Ehrgeiz steuert das Kollektiv.

Der Tank war fast leer. Während des Aufenthalts an der Raststätte diskutierten Kira und Philipp darüber, ob sie den Weg über die Schweiz oder die kürzere, direkte Strecke nehmen sollten. Diese Diskussion war ein Ritual. Kira entschied gegen die Schweiz. Philipp fügte sich, obwohl er gerne wieder einmal, wie vor der Heirat oft, durch den St. Gotthardtunnel gefahren wäre. Nach dem Tunnel stellte sich jedes Mal das Gefühl ein, er habe etwas geleistet.

Täuschungen im Kleinen werden zu Illusionen im Großen, hatte Kira einmal dazu gesagt und diese Meinung beibehalten.

Die Mautstationen – Kira notierte gewissenhaft jede Ausgabe – waren die einzigen Unterbrechungen bis Lyon, von einem erneuten Tankaufenthalt abgesehen. Kira übernahm wieder das Steuer. Philipp schlief dann immer sofort ein, oder zumindest lehnte er sich zurück und hatte die Augen geschlossen.

Sie dachte an den Brief. Sie sollte das Kuvert vernichten, die ganze Angelegenheit vergessen, denn was sie gesunde Neugier nannte, nannte ihr Mann unbegründetes Mißtrauen. Sie kannte sich und kannte ihn und das, was zwischen ihnen entstand. Es wuchs wie eine dritte Kraft, und jeder erhob Anspruch, diese Kraft auf seine Seite zu ziehen. Dann nützte auch die positive Energie, die von freudigen Überraschungen, zärtlicher Nähe oder Unternehmungen gespeist wurde und die sie übereinstimmend als Liebe füreinander deuteten, nichts mehr. Denn das andere, das Dunkle wuchs schneller, war zäher, setzte sich mehr und mehr fest. Würde sie den Brief erwähnen, würde sie ihm zusetzen und käme von Philipp eine Antwort, wäre es nicht die Wahrheit. Und wenn das begann, da war sie sich sicher, wäre die Reise in die Pyrenäen bereits jetzt gescheitert. Dieser Brief war für das fragile Band zwischen ihnen zu schwer.

*

Friedrich stand am Fenster und sah zu, wie Kira und Philipp gegen den stürmischen Nordwind ankämpften. Schon am anderen Abend würden sie im Süden sein, vor dem lichten Tor Spaniens. Sie würden sein Haus betreten, was ihm seit langem schon nicht mehr vergönnt war. Die Wärme hätte ihm gut getan, auch Margarete, aber es war nicht mehr möglich. Seit den verstärkten Schüben ihrer Erkrankung war nicht mehr daran zu denken. Und inzwischen war er zu alt für ein neues Umfeld. Ärzte, Krankenhäuser, Pflegeeinrichtungen, sind die Palmen des Alters, dachte er. Er hätte das Haus schon längst verkaufen müssen, es wurde mehr und mehr zu einer – auch finanziellen – Belastung und die Erinnerung daran zu Ballast. Er würde einen Makler beauftragen. Das Geld für den Erlös konnten sie wirklich gebrauchen. Nur, wann war für den Verkauf der richtige Zeitpunkt? Margaretes Zustand war labil, er wollte sie nicht noch weiter deprimieren. Und vor allem wollte er nicht die Schuld tragen, falls etwas passieren würde. Er hatte immer Grenzen akzeptiert, die Farm in Namibia war von Zäunen umgeben, damit war er aufgewachsen. Er hatte stets genau gewußt, was er zu tun hatte. Und nun? Er fühlte sich überfordert. Womit begann der dritte Lebensabschnitt? Wenn er den Führerschein zurückgab oder in eine Pflegeeinrichtung ging, ehe er zwangseingewiesen wurde?

Er trat vom Fenster zurück. In Margaretes Zimmer war es still geworden. Sie hatte wieder so laut geweint, Kira und Philipp mußten es beim Weggehen gehört haben. Dabei war er sich gar nicht sicher, ob es ihm wirklich etwas ausmachen würde. Darin lag ein Vorteil des Alters. Meinungen anderer treffen nicht mehr weiter, als auf den harten Gürtel des Lebens.

*

Philipp war den Rest gefahren. Er weckte Kira erst kurz vor ihrer Ankunft, als er den Weg nicht mehr alleine fand. Dann aber war alles, wie Friedrich es beschrieben hatte. Die steile Auffahrt hinauf, der Stellplatz vor der Garage, der Blick auf das Gebäude und den Berg.

Beiger Anstrich, beige Rolläden, beige grobe Felssteine, die die Begrenzung der Terrasse bildeten. Selbst die Farbe des Himmels gehörte uneingeschränkt dazu. Keine

Spur von Hedonismus am Feriendomizil, aber es war der Süden.

Der Schlüssel passte in die Haustür mit den grob geschmiedeten Eisenbeschlägen. Die Luft in den Räumen war stickig, Kira öffnete sofort alle Fenster und Fensterläden. Sie entschied sich für das Zimmer mit dem schmalen Bett, Philipp blieb das Schlafzimmer von Friedrich und Margarete. Im Wohnzimmer zog Kira die Rollläden hoch und entriegelte die Terrassentür, während Philipp bereits das Gepäck nach innen trug. Sie trat auf die Veranda und sah lange in das Tal. Hier war es ruhig und friedlich, und Kira fühlte sich befreit. Der Gedanke, das Kuvert einfach zu zerreißen, verfestigte sich. Hier würde sie nicht noch um etwas streiten wollen, das schon auf der Fahrt zu verschwinden schien, hätte sie den Umschlag nicht an den Raststätten in ihrer Handtasche gesehen, er wäre nur noch eine seltsame kleine Irritation, die genausogut verschwinden konnte.

Drei lange Wochen Muße, für ihren Rhythmus, nicht für den ihrer Schüler. Schweren Herzens hatte sie sich, als ihr klar geworden war, daß es für eine Laufbahn zur Pianistin nicht reichte, für den Weg der Klavierlehrerin entschieden. Ihr fehlte das blinde Vertrauen in die Musik und damit das, was andere Genie nannten. Sie dachte nicht in Tönen, ihr Kopf war zu klein für das große Universum der Musik. Schon das erste Jahr am Konservatorium hätte ihr das klar machen müssen, aber sie hörte nicht auf die

Worte ihres Professors, der ihre Interpretation, nicht ihre Technik kritisierte. Kira übte ausdauernder denn je. Erst als ihr Lehrer über schlechte Berufsperspektiven für seine Absolventen klagte, entschied sie sich für den sicheren Weg. Ihre Technik war ausgereift, sie erzielte in den Prüfungen gute Noten und gab in kleinerem Rahmen weiterhin Konzerte. Dazu spielte sie in der Kirche die Orgel. Zweimal pro Woche. Das hatte sie als Studentin begonnen und auch nach ihrem Weggang vom Konservatorium beibehalten. Es besserte die Einkünfte auf, und ein gewisser Teil ihres Traums blieb ihr so erhalten. Vielleicht würde sie ja eines Tages den Weg zurückfinden.

Obwohl der Unterricht sie sehr forderte. Ihre Schüler. Keiner von denen war selbst auf die Idee gekommen, sich die Ausbildung zu wünschen. Es waren immer die Mütter, manchmal auch die Eltern, die ihre Kinder zu ihr schikkten, und schon lange hegte Kira den Verdacht, daß ihnen dafür eine Belohnung versprochen wurde. Vielleicht gab es an den Unterrichtstagen längere Fernsehabende. Oder eine zusätzliche Reitstunde. Aber jetzt nicht daran denken, das hatte sie sich für diesen Urlaub vorgenommen. Sie stellte das kleine E-Piano in ihr Zimmer, eine Tastatur, die sie auf jede Reise mitnahm, holte die Noten aus ihrer Tasche und begann zu spielen. Sie war keine Königin, aber doch eine freie Bürgerin im Reich der Musik, und diese Freiheit gab ihr mehr Sicherheit, als sie sich eingestehen wollte.

Am anderen Morgen lagen die ersten Blätter auf dem Boden. Die blauen Iris im unteren Teil der Terrasse wehrten sich erfolgreich gegen das Ende des Sommers, ebenso ein kleiner blühender Busch an der seitlichen Hausmauer. Eine schwarze Spinne lag davor, zu einem filigranen Gespinst zusammengerollt. Kira wartete darauf, daß Philipp aufstand, aus seinem Zimmer kam, aber erst gegen Mittag hörte sie ihn. Sie hatte einen der Liegestühle auf die Terrasse gestellt, zwei Wolldecken, die aussahen als stammten sie aus einem Militärdepot, aus dem Schrank geholt und sich darin eingerollt; auch die Hände lagen geschützt darin. Es war zu kalt für die Jahreszeit, aber war ihr nicht immer zu kalt? Als die Tür zum Badezimmer zuklappte, stand sie auf, um zum Fluß zu gehen.

Das Haus war an einen dornigen Hang gebaut, der kein Durchkommen erlaubte. Es war noch nicht einmal möglich, den rückwärtigen Teil zu begehen, denn die Dornen und das Gestrüpp hatten sich bis an die Hauswand vorgearbeitet und wenn sie keiner entfernte, würden sie das Gebäude den Hang hinabschieben, um sich das Terrain zurückzuerobern, das man ihnen geraubt hatte. Davon war Kira überzeugt. Den seitlichen Eingang schützte eine Mauer aus Natursteinen, die Philipp vom Bewuchs befreien sollte, wie Friedrich gebeten hatte. An wärmeren Tagen würden kleine Eidechsen und Käfer von dort auf die Hauswand fliehen, Kira glaubte sie schon jetzt auf dem Dach zu hören. An der Vorderfront war lieblos Erde aufgeschüttet worden und darauf die Terrasse entstanden. Ein paar magere Ginsterbüsche grenzten sie nach vorne ab, die, stünden sie in gelber Blüte, zum Himmel stinken würden. Friedrich sagte einmal, Kira erinnerte sich daran, Ginster vertreibe Ameisen, doch die schienen anderer Auffassung zu sein, sie waren überall, vor und im Haus.

Die erhöhte Lage der Terrasse machte den freien Blick in das Tal möglich. Kira ging zum Fluß hinunter, sah die vielen Sandbänke. Strudel dort, wo sie sich behaupten konnten. Das Wasser schwemmte kleine Äste und Zweige mit sich. An manchen Stellen entstand eine Sperre, die den Fluß staute und über die Ufer treten ließ. Ein verrosteter Bagger stand wie ein Stück Natur auf einer der kleinen Inseln. Überall Geröll. Steine von einer Größe, die dieses Rinnsal unmöglich alleine herbeigetragen haben konnte. Kira vermißte das Meer.

Sie schaute aufs Haus zurück. Philipp war mit seinen Zeichnungen beschäftigt. Das machte er immer in den ersten Tagen eines Urlaubs. Er arbeitete als Grafiker in einem Werbebüro, hatte Erfolg, verhielt sich aber, als müsse er ständig um eine sichere, feste Anstellung kämpfen. Seiner Meinung nach hatte er es noch lange nicht geschafft, immer waren die Zeiten schlecht, der Inhaber der Agentur ein unkreativer Ignorant und die Kollegen, vor allem die vielen freien Mitarbeiter, mit allen Wassern gewaschen. Philipp wartete nicht darauf, daß ihm der Garten Eden in den Schoß fiel. Er durchschaute das System, wußte genau, was erwartet wurde und wie man es hätte machen sollen. Er setzte sich mit allem auseinander, auch mit ihr, letzteres aus Gründen, die Kira noch immer nicht nachvollziehen konnte. Aber während sie den Ballast, den ihr das Leben aufgeladen hatte, annahm, und ihn nach und nach abzutragen suchte, lehnte er diese Haltung von vorneherein ab. Es gab keinen Ballast und wenn doch, dürfe man sich ihn nicht aufladen. Sein auf Höchstform gedrillter Verstand hatte ihm eine aristokratische Aufgabe zugewiesen.

Er lebe, um zu denken.

Für Kira war das eine Ausrede, die sie manchmal wütend, manchmal hilflos, hin und wieder auch in Bewunderung für ihn zurückließ. An diesem kleinen, verwilderten Ufer des Flüßchens schoben sich die Gedanken zwischen Lauf und Strudel. Ihre Philosophie war einfach. Jetzt sollten sie einkaufen, die Läden würden in einer Stunde schließen.

*

Sooft Kira in den nächsten Tagen auf der Terrasse saß, nie nahm sie einen Bewohner der kleinen Siedlung wahr. Wie Friedrich vorausgesagt hatte, wollten die ihre Ruhe, schätzten neue Kontakte nicht und verließen ihre Häuser nur ungern. Um spazierenzugehen seien die Schotterwege eh nicht geeignet. Und man käme nicht weit. Die Straße ende an der Auffahrt zu ihrem Haus, der Weg an einer verfallenen Brücke. Auf der anderen Seite gebe es lediglich struppige, hohe Wiesen. Brot und andere Lebensmittel müßten im nächstgrößeren Ort besorgt werden. Dort gebe es auch Gebäck, buttergelbe Brioches, die am besten schmeckten, wenn sich große Fettflecken auf dem Papier breit machten. Der Metzger, Friedrich sagte: der Schlachter, führe neben den regionalen Spezialitäten – harte Würste, Kleinwild und Geflügel – auch Milchprodukte, Gewürze und Getränke. Der Laden sei nicht größer als eine Wohnstube. Die Ware türme sich links und rechts neben der kleinen Gefriertruhe bis unter die Decke. Selbstbedienung sei nicht erwünscht, aber der Inhaber habe alles unter Kontrolle und ein Einkauf ginge schnell vonstatten. Zeichen, Fingersprache, Gesten. Den Dialekt, der in den Pyrenäen gesprochen wurde, hätten weder er noch Margarete je verstanden, geschweige denn sprechen können. Es funktioniere auch so problemlos und ginge überall freundlich zu. Außer beim Installateur. Friedrich mußte ihn einmal aufsuchen, weil ein Abfluß verstopft war.

Deutsch?

Als wäre es ein Kommando, als würde dem Wort ein Wegscheuchen von Haus und Hof folgen. Aber er nahm sich zurück, der Mann. Schien plötzlich nicht mehr zu verstehen, was Friedrich suchte und als der sich in dem kleinen Magazin umsah und einen Gegenstand entdekkte, der das Problem würde beheben können, war dieser nicht zu verkaufen. So jedenfalls mußte Friedrich die Handbewegung des Installateurs deuten. Noch nie war ihm ähnliches passiert, aber hier war gleich klar: Er sollte die Sache ignorieren und stattdessen in die Provinzhauptstadt fahren. Es fand auch keine Diskussion zwischen ihm und Margarete statt, sie schwiegen einfach, erstaunt und beschämt zugleich. Daß der Mann Schweizer war, erfuhren sie erst viel später.

Der kalte Wind war abgeflaut, die Mittagssonne öffnete alle Türen. Sie hatte auch die drei alten Männer aus dem Haus gelockt, die Kira schon bei ihrer Ankunft aufgefallen waren. In einer scharfen Kurve stand zur Sicherheit der Verkehrsteilnehmer eine rotweiße Abschrankung am Gehsteig, an der die drei Alten lehnten. Nichts erregte ihre Aufmerksamkeit. Kira sah es im Rückspiegel, kein neugieriger Blick verfolgte das Auto mit dem fremden Kennzeichen. Die Alten standen einfach nur da, unberührt von den Geschehnissen um sie herum. Kira war überzeugt, sie gehörten zusammen, traten nur zu dritt auf. Und würde einer sterben, rückte ein anderer nach. Es hätten fünf Männer an der Querstange Platz gefunden, doch nie standen mehr als drei dort, nie weniger.

Kira hätte gerne verstanden, was sie an diesem lauten Ort suchten und was sie verband. Aber sie hätte keine Antwort erhalten. Denn es war wie an vielen Orten und

Plätzen dieser Welt. Die Alten folgten einfach den Gesetzen des Stillstandes. Ihre Präsenz zeigte, daß sie noch da waren und auch dableiben würden, weil einer nachrückte, wenn sich ein anderer für immer verabschiedet hatte. Sie repräsentierten die Interesselosigkeit, erinnerten damit an Weisheit und waren doch nur ein Zeichen für Resignation. Also standen sie in dieser Kurve und gaben damit ihr und sich selbst eine Bedeutung. Nicht mehr, aber auch nicht weniger.

*

Friedrich Fellbrügge war in Namibia zur Welt gekommen, das ging aus seinen Papieren hervor, seine Eltern lagen in Windhuk begraben. Frühe Erinnerungen, die jetzt immer häufiger kamen, hatte er an einen weißen Pavillon mit vielen bunten Bändern und an Greta, seine schwarze Kinderfrau. Erinnerungen auch an die Lieder, die sie ihm vorsang. Strophe für Strophe kroch aus dunklen Kanälen, nahm in der vordersten Reihe seiner Gedanken Platz und verdrängte Worte, jüngere Geschehnisse, Namen, Adressen und Nummern. So war ein kleines Notizbuch zu seinem festen Begleiter geworden. Ihn, der noch vor kurzer Zeit aus dem Homer zitieren konnte, ärgerten diese lästigen Kinderlieder wie nichtsnutzige Fliegen. Andrerseits war er schrecklich vergeßlich geworden. Manchmal kam es ihm vor, als habe er vergessen, was er eigentlich vergessen wollte.

Früher hatte er die Meinung gehabt, das Alter halte friedfertige Gedanken und milde Züge bereit. Aber er wurde ungeduldiger, war mißmutiger und in vielerlei Hinsicht gnadenloser als früher. Man trifft sich im Leben immer zweimal, daran hatte er geglaubt. Nun wußte er, bei vielem würde es kein zweites Mal mehr geben. So verhielt es sich und gleichzeitig erschrak er darüber. Das Alter veränderte, nur die Alten wußten das.

Den eingeschränkten Bewegungen von Geist und Körper begegnete er mit zunehmender Feindseligkeit, und die Beipackzettel der Medikamente wurden immer häufiger zu seinem einzigen Studienobjekt, während seine Bücher stehenblieben. Und oft empfand er Hohn für das, was sie beschrieben. Weil es nie wahr gewesen war, was in ihnen stand und dennoch bald nicht mehr sein würde. So viele nicht gelesene Worte werden zurückbleiben. Manchmal schob er ein Buch mit dem Handrücken voller Zorn zu Seite, manchmal streichelte er wehmütig den Titel.

Margarete las nie. Sie behauptete, als sie noch mit ihm sprach, Greta würde dann traurig werden, sie, der Margarete das Lesen und Schreiben beigebracht hatte. Aber Greta war schon lange tot. Nur Margarete schien das nicht zu begreifen.

Meine arme, kleine Margarete.

*

Kira überließ es Philipp, sich um die Einkäufe zu kümmern, ging erst gar nicht ins Haus sondern gleich zum Fluß. Sie hatte oft unbändigen, wütenden Heißhunger. Würde sie jetzt in der Küche stehen, wäre die Kontrolle über diesen reißenden Schmerz im Magen nicht möglich. Sie mußte den Versuchungen aus dem Wege gehen und stellte sich vor, in einer Ödlandschaft zu sein und zwei oder drei Tage bis zum nächsten Ort wandern zu müssen. Dort wartete alles auf sie, was sie jetzt vermißte. Sie mußte lernen, Geduld zu haben. Alles ist möglich, wenn auch nicht sofort. Kira begriff mit dieser Vorstellung die Bedeutung von Geduld, sie verstand es, zu warten und hatte gleichzeitig ein Geheimnis, das ihr die Kraft dazu gab.

Am Fluß versuchte sie sich Bilder ins Bewußtsein zu rufen, die sie aus ihrer Kindheit mitgenommen hatte. Sie brauchte auch heute noch solche Vorstellungen, wenn sich ihre Gedanken im Kreis drehten und Vorwürfe oder Selbstvorwürfe nicht mehr enden wollten. Da gab es die Schere, das Zauberding, das alle Gedanken wie Fäden abschnitt und es ihr erlaubte, Abstand zu gewinnen. Aber sie wußte, die Schere durfte sie nicht zu oft einsetzen, sonst würde sie stumpf.

Sie hatte Wasser aus der hohlen Hand getrunken. Es war köstlich und klar und ihr Hunger ließ nach. Dieser absurde Kampf. Hungern war für Kira Zivilisationsfolter. Hunger ersetzt das Gewissen, hatte ihr Großvater gesagt. Kira ist schmal, der Bund ihrer Jeans hängt auf spitzen Hüftknochen, aber Philipp zieht die Augenbrauen hoch, wenn sie ein zweites Mal den Teller füllt. So deutet Kira diese Geste.

Seit fast einer Stunde saß sie am Wasser, und es hatte zu regnen begonnen. Sie sollte aufstehen, zu Philipp gehen, doch das Bild der Tropfen auf dem quirligen Wasser nahm sie in eine Zeit mit, an die sie sonst nur noch Gerüche erinnerten. Damals glaubte sie, der Himmel habe nur die eine Aufgabe: sie zu beschützen. Dieser feudale Gedanke trug sich fort, nur wechselte der Inhalt. Die Musik, ihr Klavierspiel waren es dann, doch als sie sich gegen die Künstlerlaufbahn entschieden hatte, hatte auch dieses Universum versagt. Vielleicht hätte sie sich für die Arbeit in einer Versicherung entscheiden sollen. Der Himmel dort ist eine Aktiengesellschaft und sein Trost sind die Prämien zum Jahresende.

Philipp stand an der Uferböschung, sie solle doch endlich kommen, es regne, sie erkälte sich und er habe keine Lust, ihren Husten zu ertragen. Widerwillig folgte sie ihm.

Im Haus war es den Eigentümern nicht gelungen, Wohnlichkeit zu erzeugen. Es gab keine Couch, nur Stühle, auch keine andere angenehme Möglichkeit zur Entspannung. Alle Wege führten zur Terrasse oder in den Garten und keiner zu einem mit Kissen ausgestatteten Ruheplatz. Aufstehen, essen, das Haus verlassen. Ein Leben wie in Afrika, eines im Freien. Kira wunderte sich, daß es eine funktionierende Heizung gab.

Sie wusch ab, nahm sich ein Buch und verschwand in ihrem Zimmer. Philipp hatte gleich nach dem Essen seine Unterlagen auf dem Tisch ausgebreitet und signalisiert, er wolle arbeiten. Sie nickte, etwas anderes hat sie nicht erwartet. In einigen Tagen wäre ein Ausflug möglich, erst dann würde Philipp seine Entwürfe zur Seite legen, bis dahin wäre ihm vielleicht der Durchbruch gelungen. Kira hat nie wirklich verstanden, was er damit meinte. Für sie waren seine Skizzen Krakeleien, und trotz Grundlagenforschung und psychologischer Finessen, sie konnte keine Notwendigkeit erkennen, diese Arbeit im Urlaub nicht ruhen zu lassen.

Kunst, Werbung ist Kunst! früher schrie er es hinaus. Dieser Schrei war verstummt, auch wenn er viele TV-Sendungen nur ansah, um die Werbeblöcke zu verfolgen. Während andere die Pausen nutzten, um Bier oder Chips zu holen, verschwand er während der Filme. Inhalte seien vorhersehbar, er versäume nichts. Sie verstand inzwischen die Gründe, weshalb ein bestimmter Spot an genau diesem oder jenem Sendeplatz platziert werden mußte, mehr wollte sie nicht wissen. Und daß Werbung Kunst sei, lehnte sie noch immer strikt ab. Der Sinn von Kunst könne doch nicht darin liegen, ein Abbild von Suppendosen zur Ikone zu stilisieren.

So hat Kunst für dich keine Funktion?

Es war weniger eine Frage, als eine Feststellung. Philipp wollte sie in eine Falle locken.

Ein Versuch noch, sagte sie damals, lasse mir einen Versuch, dir das zu erklären.

Kunst hebt die Realität aus den Angeln und setzt sie neu zusammen, Kunst ist der Bote vom Innen zum Außen, ist die fünfte Jahreszeit und die einzig wahrhaftige Solidarität zwischen Menschen, Kunst ist das Synonym der Weltsprache und Poesie der Materie ...

Aber zuvor wird noch gegessen, oder?

Sie schlug das Buch auf, las aber nicht darin. Solche Diskussionen waren lange vorbei. Inzwischen war es so, als hätte jeder seinen Stuhl zurechtgerückt. Der andere wußte um die Position und rüttelte nicht mehr daran. Kira lächelte bei diesem Gedanken. Die Reise nach Jerusalem wurde längst nicht mehr gespielt, aber auch Philipps emphatische Haltung zu seinen Werbegrafiken hatte merklich abgenommen, selbst wenn er sich das nicht eingestand. Jüngere, angesagtere Leute bekamen die wirklich attraktiven Aufträge. Er verwaltete nur noch die Fortsetzung bewährter Aktionen, Artikel, die auf Wiedererkennung setzten. Er füllte Kaffeefilter mit Feuer oder Milde, je nach Sendezeit. Hunde, Kinder und Kaffeeduft, das war die Bank, auf der früher oder später jeder Platz nahm, sie barg kein Risiko.

Kira lauschte. Wenn Philipp jetzt zu ihr käme, würde sie ihn in den Arm nehmen. In der vergangenen Nacht hatte sie von einer Frau geträumt, die sie nicht kannte und sich dennoch nicht gewundert, daß die Fremde sie streichelte. Behutsam, dann heftiger. Sie hörte jetzt, daß Philipp seine Musik aufgedreht hatte. Wäre doch in all den Jahren ein Titel zu ihrem gemeinsamen Lied geworden, sie hätten sich in diesem Moment lieben können.

Kira suchte in ihrem Buch nach den letzten ihr bekannten Worten. Sie las einen skandinavischen Kriminalroman, da konnte sie mit einer Lösung rechnen, die wußten immer, wer den Mord begangen hatte.

Am nächsten Morgen kam Hundegebell vom unteren Haus. Es war über eine Stunde lang zu hören gewesen, wurde wütender, dann wieder klagender. Kira machte Philipp darauf aufmerksam. Er zuckte nur mit den Achseln. Sie hatten keinen Kontakt zu den Nachbarn, die das Haus am Fuße der Auffahrt bewohnten, sie hatten noch nicht einmal gewußt, daß es bewohnt war. Das Gebell kam eindeutig von diesem Grundstück. Sie hatte Angst vor Hunden, aber das Geheul ließ ihr keine Ruhe. Kira näherte sich mit aller Vorsicht. Philipp wollte nicht mitkommen. Vermutlich tat er gut daran.

Das Jaulen war inzwischen ein krächzendes Klagen. Kira spähte durch die dichte Hecke und sah auf ein großes Rasenstück, in dessen Mitte ein Baumstumpf stand. Ein Schäferhund hatte sich selbst Schachmatt gesetzt. Er mußte so oft um den Stumpf gelaufen sein, daß die Kette sich eng um diesen gewickelt hatte und ihm keine Bewegungsfreiheit mehr ließ. Er hing an dem kurzen, noch freien Stück und fletschte die Zähne.

Kira wußte nicht, was sie tun sollte. Die Bewohner schienen nicht da zu sein, die Fensterläden waren geschlossen. Das Tier zog und zerrte an der Kette, riß sich immer weiter ins Verderben. Sie öffnete leise das Tor, näherte sich dem Hund bis auf wenige Schritte, sprach beruhigend auf es ein. Sie hoffte auf die Klugheit, nicht auf den Verteidigungswillen des Gefangenen.

Assis! Assis!

Der Hund begann zu bellen und gebärdete sich wie wild, schien unberechenbar. Wenn sie ihn befreien wollte, mußte sie entschlossener auftreten. Auf dieser kurzen Strecke vom Tor bis in die Mitte des Gartens war ein Schauspiel der Macht und des Mutes gefragt, das sie nicht zu ihren Gunsten hatte entscheiden können.

Sie sah im Rasen außerhalb der Reichweite des Hundes eine Schüssel mit Wasser und seinen Freßnapf stehen, holte beides. Das Tier beobachtete sie, beruhigte sich, neigte den Kopf, zog an dem Kettenstück und sah sie mit wachen Augen an.

Assis, Schritt um Schritt, Assis!

Kira zog große Kreise um den Baumstamm, die Schüsseln vor sich haltend. Der Schäferhund folgte ihren Bewegungen und Rufen. Er wickelte dabei die Kette ab und kam ihr mit jeder Runde näher. Obwohl er längst seine Bewegungsfreiheit wiedererlangt hatte, hörte sie nicht auf. Jetzt stand er direkt vor Kira. Eindringling und Wächter.

Ihn anzufassen, seinen Kopf zu halten, damit sie die

Kette lösen konnte, war der nächste Schritt. Sie hatte ein kluges, dankbares Tier vor sich. Es neigte den Kopf noch tiefer, wedelte mit dem Schwanz, als sie die Schüssel mit frischem Wasser füllte. Sie hatte sein Vertrauen, und durfte ihm durchs Fell fahren, als er mit schlappendem Geräusch das Wasser aufnahm.

Er ließ sich wieder an die Kette legen, sie streichelte ihn und ging zurück, wusch sich die Hände, der Geruch verschwand, doch das weiche Fell hatte etwas zurückgelassen, das sie lange vermißt hatte.

*

Als Friedrich Margarete zur Frau genommen und nach Namibia geholt hatte, wollte er ihr viel zu überhastet, so sah er es heute, das Land näherbringen. Schon am Tag nach ihrer Heirat mußte sie mit ihm in die Wüste aufbrechen. Tiere und die Sterne wollte er ihr zeigen. Er präsentierte Margarete Land und Himmel, als habe er beides für sie erschaffen.

Für die Flitterwöchner war gesorgt, Zelte waren aufgestellt worden, schwarze Bedienstete kochten und kümmerten sich um die Sicherheit. Nie war man in diesem Land allein. Margarete sah auf den Nachthimmel. Die Sterne strahlten wie Diamanten auf den tiefblauen Auslagen der Juweliere. Sie drehte sich, tanzte, die Sterne taten es ihr gleich. Sie hörte Trommeln, die lauter wurden, je schneller sie sich dem Rhythmus hingab. Plötzlich begann die Erde zu vibrieren. Instinktiv suchte sie nach Schutz. Nach einem Kellereingang, schnell hinunter in die schützende Tiefe.

Es war eine Elefantenherde. Sie lief geradewegs auf die Zeltgruppe zu. Die riesigen Tiere tauchten wie graue Schatten aus dem Schwarz der Namib auf. Margarete schrie voller Entsetzen. Bleib ruhig, sagte Friedrich und umarmte sie. Vertrau mir.

Elefanten tragen die Wege in sich. Sie folgen ihnen von Geburt an. Auf ihrem Pfad gibt es keine Hindernisse. Was im Weg steht, wird zertreten, weggeschleudert.

Respektiere ihre Gebiete, dann geschieht dir nichts, außer daß du ihre Schönheit und Größe aus nächster Nähe verfolgen kannst.

Zur Demonstration hatte Friedrich ein kleines Zelt von den anderen entfernt aufbauen lassen. Und wirklich zogen die Elefanten zum Greifen nah und völlig ungerührt an Margarete vorbei, das Zelt aber, das auf ihrem Weg stand, wurde niedergetrampelt. Ein Schritt zur Seite hätte genügt, um das Hindernis zu umgehen.

*

Figueras. Kira und Philipp fuhren, das Dali-Museum zu besuchen. Ein bewachsener schwarzer Cadillac mit Weißwandreifen im Innenhof und überall Gala. Muse und Geliebte, Freundin und Vertraute des Künstlers.

Dali polarisiert.

Philipp rückte nahe an Kira heran, sprach darüber.

Mich faszinieren seine Motive, seine Technik, seine Fantasie.

Und seine Sicht der Dinge? Der Surrealismus?

Nicht unbedingt, antwortete Philipp, er sei der Meinung, die Aussagen Dalis dazu dürfe man nicht überbewerten. Dieser Künstler habe sich einfach genial vermarktet.

Den Trend erkannt – kommt angerannt. Avida Dollares.

Er sei punktgenau auf der Zeitplane gelandet, habe sich Freuds psychoanalytische Weltsicht zueigen gemacht, alles auf seine Weise dargestellt, anderer Ideen und Stile aufgegriffen.

Nicht mehr.

Wahrscheinlich hat er über die Interpretationen seiner Bilder geschmunzelt und sich den Bart gezwirbelt – deswegen sei ihm dieser ja so extraordinär im Gesicht gestanden!

Also Philipp!

Kira war angesichts der umwerfenden Bilderfülle und Farben über die respektlose Interpretation betroffen. Sie standen vor *Die Beständigkeit der Erinnerung*, jenem Bild, auf dem die Uhren zerfließen, wie die Zeit.

Der Künstler hat in seiner Biografie bekannt, dozierte Philipp, nach dem Genuß von weichem Camembert mit

Freunden über das philosophische Problem des *Superweichen* gesprochen zu haben. Spät in der Nacht habe er dann einem gerade entstehenden Bild das überraschende Moment der zerfließenden Uhren hinzugefügt.

Wenn da nicht der Käse im Spiel gewesen sei! Da soll mal einer sagen, der Mann sei nicht auf seine Weise genial gewesen, obwohl er letztlich alles kopiert hat. Wer kennt Dali nicht? Besser kann man einen Markennamen nicht platzieren.

Für dich ist alles Reklame. Kira zog die Schultern hoch. Auch Künstler müssen leben.

Weiter ging es, weiter, entlang der Bilder und Statuen.

Weniger ist mehr, hätte ihr Großvater gesagt. Kira konnte sich am Ausgang schon nicht mehr an das erste der Gemälde erinnern. Sonne, Sonnigkeit, Sonnenlicht. Sie streckte die Arme danach aus. Dali konnte etwas, ohne Zweifel, aber er war ihr zu düster. Er paßte nicht in die Helligkeit Spaniens und den Geruch des erahnten Meeres. Schnell lief sie über den Platz, strebte einem Café zu, setzte sich, ohne auf Philipp zu warten.

Es sind Ähnlichkeiten, nach denen wir das ganze Leben suchen, sagte sie sich, alles andere muß uns fremd bleiben. Wir suchen das Ähnliche in Gesichtern, in Geschichten und Bildern, in Gerüchen. Daß sich Gegensätze anziehen würden, ist eine Erfindung der Alten, denen keine andere Wahl blieb. Sie aber hatte eine Wahl gehabt, sie war Philipp gefolgt, in seine Wohnung, in sein

Leben, in den Urlaub, in dieses Museum. Waren sie sich jemals ähnlich gewesen?

Die beiden Männer am Nachbartisch waren sich ähnlich, wie Brüder, wie Zwillinge. Dunkel gekleidet, schwarze kurz geschnittene Haare, schwarze Sonnenbrille, weiße Turnschuhe. Waren sie sich gleich oder trugen sie eine Uniform? Sie sahen Kira an, das spürte sie, auch wenn die Augen hinter den dunklen Brillen nicht zu sehen waren. Einer drehte kurz den Kopf, als Philipp sich zu ihr setzte, die Blicke waren jetzt auf sie beide gerichtet. Kira fühlte sich unwohl. Sie wollte nicht bleiben, stand auf und zog Philipp mit sich, lief schnell, beantwortete seine Frage, was das solle, nicht. Sie müsse weg von hier. An einem großen Platz hielt sie, schaute sich um, die Männer waren verschwunden.

*

Margarete mußte mehr essen. Sie mußte überhaupt etwas essen. So lange schon schwieg sie und aß nichts mehr. Wenigstens sah er sie nie dabei. Sie trug jetzt ständig diese weiten Jacken und Röcke, versteckte ihre knochige Figur unter einem Berg von Kleidern. Ihr blondes Haar war aschgrau geworden. Sein Vater war von ihren Haaren angetan gewesen.

Margarete, dein blondes Haar leuchtet noch in der Nacht!

Das sagte er immer, wenn er sie sah und, sie wurde dabei verlegen. Sein Vater mochte sie, Friedrich kannte keinen, der sie nicht mochte. Und was er alles für sie getan hat, damit sie sich wohlfühlte. Sie brauchte nicht zu arbeiten. Hausangestellte lasen ihr jeden Wunsch von den Lippen ab, er trug sie auf Händen durch den afrikanischen Tag. Namibia hat sie dennoch krank gemacht. In dieses Land mußte man hineingeboren sein, um von ihm angenommen zu werden. Heiß war es, wie kein anderes. Wenige Pflanzen nur, und die gaben ihre Geheimnisse nicht preis. Ein Orakel hätte Namibia als ein Land wie Himmel und Hölle bezeichnet.

Dennoch, wahrscheinlich würden sie noch heute dort leben, wäre es nicht zu dem großen Brand gekommen. Lange Zeit glaubte er, diese Katastrophe nicht zu überleben. Er fühlte sich schuldig, das Vermächtnis seines Vaters nicht beschützt zu haben. Das, obwohl er von Kindesbeinen an auf diese Aufgabe vorbereitet worden war. Namibia bedeutete Wachsamkeit bis in den letzten Winkel. Das Land gehörte den Tieren, sie waren es, die den Rhythmus bestimmten. Von einer Wiege der Menschheit weit und breit keine Spur. Die Ureinwohner wußten das, sie blieben in ihren Hütten, beschieden sich mit dem, was die Tiere nicht wollten.

Greta war eine kluge Frau. Sie hatte gewußt, daß die Weißen nicht gekommen waren, den Hereros oder Namas oder den anderen unzähligen Volksgruppen ein leichteres

Leben zu bescheren. Es waren Diamanten, die die Siedler nach Namibia lockten, und schnell waren die Claims abgesteckt. Auch Friedrichs Vater war wegen der Steine ins Land gekommen, er aber war dem harten Geschäft nicht gewachsen gewesen und hatte die Rinderzucht eines Freundes übernommen, als der sich nicht davon abbringen ließ, Gefolgsmann der Nationalsozialisten zu werden.

Heim ins Reich!

Und als wäre damit ein schlechtes Omen über die Farm gekommen, war sie später den Flammen zum Opfer gefallen.

Margarete sprach nie mit ihm über die Zeit in Namibia. Und was sie Greta erzählte, genauer gesagt einem Geist, den sie für Greta hielt, wußte er nicht. Dabei hatte er für Gesellschaft gesorgt, zuletzt Kira und Philipp eingeladen. Aber seine Frau war wie immer nur stumm in ihrem Zimmer gesessen, die Augen starr auf das Fenster gerichtet. Der Anblick war so bitter, daß er nie mehr den Versuch machen würde, jemanden zu sich einzuladen. Und ausgerechnet bei Kira und Philipp hatte Margarete noch deutlich gemacht, was sie dachte.

Ich will nicht, daß du unser Haus in Pas du Loup den beiden, oder irgend jemand anderem überläßt. Ich will es nicht. Das hatte sie in großen Buchstaben auf ein Stück Papier geschrieben.

Was sollte er tun? Die Fahrt dorthin war schon zu

zweit beschwerlich, er traute sie sich nicht mehr zu und außerdem konnte er Margarete nicht alleine zurück lassen. Aber einer mußte doch in Pas du Loup nach dem Rechten sehen. Margarete hatte ihm früher vorgeschlagen, selbst den Führerschein zu machen. Dann könne er kein Auge mehr zutun, das hat er ihr gesagt. Vielleicht hätte er anders entscheiden sollen, aber er hatte es ihr gesagt und damit war es für ihn erledigt.

Wenn er etwas entschieden hatte, blieb er dabei und das erwartete er auch von anderen. Das ging hin und her bei ihr. Er hat ihr die Launen verziehen, wenn sie einmal mehr ihren Willen nicht durchsetzen konnte. Dieses tagelange Schweigen danach. Oft wußte er anderntags gar nicht mehr, warum sie ihn so behandelte. Und sie konnte von ihm nicht behaupten, daß er nachtragend sei. Er liebte sie, für immer. Nur wenn sie nicht bald essen würde, mußte er handeln. Eine letzte Karte hatte er noch in der Hand. Sie war so etwas wie sein Gral. Jeder, dachte er, hat seinen eigenen Gral. Die meisten tragen ihn ihr ganzes Leben bei sich, nur wissen die wenigsten davon. Margarete hatte ihren Gral in ihm, in seiner Fürsorge und seinen Gedanken. Sie brauchte sich um nichts zu sorgen.

Jetzt schlief sie tagelang. Vielleicht würde es helfen, wenn er ihr den Hausschlüssel wieder geben würde und das Schloß am Telefon entfernte. Aber noch war sie nicht soweit. Wirkliche Sorgen machte ihm sein Altwerden. Wieviel Zeit blieb ihm? Vielleicht war diese Fragestellung falsch, vielleicht sollte sie lauten: Wie lange möchte ein Mensch leben? Bis alles getan ist?

Das ist Unsinn. Nie ist alles getan, nie alles gesagt.

Man wird an einem Punkt ins Leben geworfen und an einem anderen herausgerissen. Das Dazwischen ist das Erleben und nicht das Leben, denn das Erlebte, denkt Friedrich, kann erst viel später zum eigenen Leben werden.

Wenn er Margarete jetzt den Hausschlüssel noch nicht geben konnte, so sollte sie doch ihr Briefpapier wieder bekommen, Briefe hat sie immer gerne geschrieben.

*

Die schwarz gekleideten Männer blieben verschwunden. Kira hatte Philipp auf sie aufmerksam gemacht, und er sah sich anfangs öfter um als sie.

Der kleine Vorfall löste sich auf wie eine Pfütze in der spanischen Sonne, es war Mittag und heiß, die Temperaturen mußten bei über 30 Grad liegen. Nur in den hohen, engen Gassen war es kühl geblieben. Die Händler arbeiteten in Wollpullovern vor ihren schattigen Ständen, füllten Kartenständer auf und legten Tücher und Hüte, Sonnencremes und Spielzeug in die Auslagen.

Bunt und schrill, einer kopiert den anderen.

Philipp war vorausgegangen. Kira schlenderte langsam vorbei, verharrte manchmal, ein kurzer Blick auf Philipp ließ sie weitergehen. Sie fand keine Freude an den farbenfrohen Auslagen, wenn er ihr, die Arme verschränkt, deutlich machte, was davon zu halten sei, auf billigste Werbetricks hereinzufallen. An einem baumbestandenen, lichten Platz trafen sie wieder aufeinander. Kleine Straßencafes boten ihre Speisen in deutscher Sprache an und während eines kleinen Imbiß beschlossen sie, ans Meer zu fahren.

Kira atmete auf. Am Meer würde alles leichter werden. Der Geruch, die Kraft, das Wasser, die Weite und das Gefühl, einfach hineingehen zu können ohne sich umzudrehen. Das Meer gab und nahm, nahm und gab. Es kehrte wieder, zeigte seine unendliche Kraft mit einer Selbstverständlichkeit, die sie in ihrem Leben vermißte. Ein und dieselbe Welle schäumte an den Strand und wenn nicht die ganze Weltkugel in Unordnung geraten würde, machte sie dies noch für jede Generation, die der ihren folgte.

Sie empfand Liebe und Respekt für das Meer. Es ist und bleibt die Kür Gottes. Den kleinen Fluß im Dorf, an dem sie in den vergangenen Tagen immer wieder gesessen hatte, nahm sie wie einen Gleichgesinnten, er schickte sein Leben auf eine Reise, hastete durch die Zeit – keiner steigt zweimal ins selbe Wasser – und nie gab es einen Moment des Verharrens. Trotz Seen, Flüssen, Bächen, hätte sie die Wahl gehabt, hätte sie nur einer gefragt, sie wäre am Meer geboren worden. Dann hätte sie einen Grund zum Bleiben gehabt. Wo sie aufgewachsen war, gab es nur einen Fischweiher, ein dunkles, träges und unheimliches Ding, dem man sich als Kind nicht nähern durfte, weil die Angler ihre Ruhe haben wollten, und jedem Prügel androhten, der sich ohne Berechtigungsschein näherte. Als Verteidigungswall waren von der Gemeinde Pappeln gepflanzt worden, die aber hatten ihre Blätter verloren. Sie wuchsen als schwarze Skelette weiter und warfen ihre dürren, kranken Schatten auf das trübe Wasser.

Am Meer war Schatten für wenig Geld zu haben. Philipp stellte den Schirm auf und setzte sich darunter. Er forderte sie auf, ihm gleichzutun.

Sonst ist das Theater wieder groß, und er sagte wirklich Theater, wenn du dir einen Sonnenbrand holst.

Dabei war dies nur ein einziges Mal geschehen und seit damals war sie resistent gegen die Sonne geworden oder zumindest glaubte sie das. Ihre Haut hatte den Olivton vieler Dunkelhaarigen, und sie freute sich auf die Geschichten, die die Sonne an diesem Tag darauf schreiben würde. Sie blieb am Wasser sitzen, die Zehen gegen die Gischt gestemmt.

Auf Philipps Schultern und Rücken hatte das nachlässig aufgetragene Sonnenschutzmittel Flecken gebildet. Er kam zu ihr. Kira stand auf und begann in kreisenden Bewegungen die Milch zu verteilen. Die Haut spannte, als wäre sie zu knapp bemessen für seinen Körper. Sie schloß die Augen, kannte jeden Zentimeter blind. Sie hatte ihn küssend erforscht, er war weich gewesen, ein geliebter

Körper, der warm und sanft ihren Lippen entgegengekommen war. Sie strich weiter, über die Schultern, bat ihn, seine Arme zu heben, sie verteilte die Sonnenmilch über seiner Brust, rückte ganz nah an ihn heran. Er nahm die Arme herunter.

Da bin ich schon eingecremt. Danke. Wenn du möchtest, reibe ich dich jetzt ein.

Sie mochte nicht. Zog sich stattdessen ein T-Shirt an, um Diskussionen zu vermeiden. Ihre Hände waren dieselben, ihre Lippen, ihr Wunsch, ihn zu berühren. Aber er saß da und ihr fiel das Kuvert ohne Inhalt ein. Sie schämte sich so sehr über diesen Einfall, daß sie aufsprang. Er nutzte den Anlaß, nahm seine Kleidung, sagte, eine gute Idee, genug Meer, genug Sonne, er habe Hunger und wolle eine Paella essen gehen.

Darauf freue er sich.

Die Moderne verdünnt das Elementare. Kira war immer wieder erstaunt, daß sich selbst in so ländlicher Gegend das Plastikgewürm durchsetzte. In der dunkelsten Bodega zogen die Scanner über Strichcodes, der kleinste Lotteriekiosk hatte Online-Anschluß und vor der Dorfschule standen die Kinder in kleinen Gruppen und hantierten mit Mobiltelefonen. Wie weit würde sie fahren müssen, um dem zu entgehen.

Seit ihrem letzten Besuch dieses Landstrichs war in der Gegend viel gebaut worden. Damals hatten sie die schlechten Straßen kritisiert. Nun führten breite, geteerte

Bahnen zur Costa Blanca, der malerische Staub war verschwunden. Weiße und sandbraune Blöcke standen entlang der Strandpromenade. Für jedes neue Gebäude war ein altes abgerissen worden. Das Salz des Meeres und die glühende Hitze im Sommer machte den Bauwerken zu schaffen. Es wurde für die Ewigkeit gebaut und die Ewigkeit bedeutete hier eine Saison. Sie fuhren vom Meer weg Richtung Frankreich.

Es war später Nachmittag, als Philipp vor einem Restaurant anhielt, das mit seiner dunklen Fassade Kühle und Geschichte suggerieren wollte. Kira nickte dazu. Es war so gut wie jedes andere auf dem langen, geraden Weg zur Grenze. Die Tische waren mit hohen dunklen Holzbalustraden umbaut, Separees, die die Gäste gegeneinander abschirmten. Nach dem Eintreten hatte Kira das Gefühl, sie befände sich in einem Antiquitätengeschäft. Möbel aus verschiedenen Epochen, Ölbilder mit brachialen Szenen eines Stierkampfes, der dürre Don Quichotte mit seiner klapprigen Rosinante auf dem Weg zur Mühle, eine schlecht gemalte Kopie von Velazques' *Im Spiegel*, Plastikblumen an den Fenstern und auf den Tischen. Dazu ein funkelnder Spielautomat neben der Toilettentür.

Die Stühle, auf denen Kira und Philipp platznahmen, waren aus Holz – oder einem holzähnlichen Material. Sie trugen grobe Schnitzereien an der Rückenlehne, was unbequem war. Besonders die Rosette in der Mitte drückte gegen die Wirbel. In diesem Restaurant sollte gegessen und nicht getafelt werden. Dennoch waren viele Gäste da. Hinter jeder Balustrade ein Murmeln aus der Tiefe.

Der Gestalter des Raumes scheint die spanische Inquisition vor Augen gehabt zu haben.

Kira gab ihren Eindruck an Philipp weiter. Er fuhr sie an, ob man es ihr denn nie recht machen könne. Sie blieben, aßen schweigend ihre Paella, wobei Kira nur im Reis stocherte, die Meeresfrüchte schob sie zur Seite. Die Garnelen sahen so lebendig aus, als wären sie eben erst auf die Teller gespült worden.

Sie verließ das Lokal vor Philipp, der noch die Hände waschen wollte. Auf dem Parkplatz war inzwischen jede Lücke besetzt.

Vielleicht steht der schwarze Fiat deshalb quer vor zwei anderen Autos, vermutete Kira.

Sie wollte dem Fahrer andeuten, daß ihr Parkplatz frei würde, ging auf den Wagen zu, hielt dann inne. Die rechte Tür stand offen, der Beifahrer lehnte an der Mauer, die den Eingang begrenzte und telefonierte mit seinem Handy. Sie erkannte den Mann. Es war einer der beiden dunkelgekleideten aus dem Straßencafe in Figueras.

*

Vielleicht sollte er Margarete einen Sanatoriumsaufenthalt ermöglichen, einen Zauberberg. Sie war ja nur noch ein Hauch. Nur sprach sie nicht mit ihm, wie konnte er da wissen, ob sie damit einverstanden sei. Daß er nur das Beste für sie wollte, das mußte sie doch wissen. Er brauchte es doch nicht immer und immer wieder betonen. Was für eine Verschwendung. Sie konnte reden, tat es aber nicht. Im Gegensatz zu ihm war sie noch jung.

Ende fünfzig und spielt die Greisin.

Vergeudet ihre Tage, ohne auch nur einen Finger zu rühren.

Nein, er verlangte von ihr nie, daß sie sich um den Haushalt kümmerte. Das machte schon er, er besorgte auch den Einkauf. Aber sie könnte einmal ein Buch zur Hand nehmen oder Musik hören.

Wer am Leben ist, trägt Verantwortung, auch und gerade für sich. Wer am Leben ist, der muß dankbar sein.

Das sollte sie begreifen. Aber sie lehnte schon früher ab, darüber zu reden.

Das seien fundamentalistische Überlegungen, und Fundamentalismus, egal welcher Couleur, lehne sie für sich ab.

Ich bin, hatte sie zornig gesagt, aber ich bin dafür nicht verantwortlich und der Gedanke an Dankbarkeit ist mir in diesem Zusammenhang fremd.

Ich lebe an manchen Tagen gern und an anderen Tagen eben nicht. Mehr ist dazu nicht zu sagen.

Das sind junge Worte, die werden noch wachsen und kräftigere, andere Wurzeln bekommen, sagte er ihr damals.

Sie hatte ruhig widersprochen:

Niemals!

Traurig war Friedrich darüber, daß mit ihrem jetzigen Schweigen auch ihr Zorn verflogen war. Er hatte ihn sich gegönnt wie eine Prise Tabak, er mochte ihn geradezu.

*

Kira wandte sich um, lief Philipp aufgeregt entgegen. Beim Einsteigen platzte sie mit ihrer Beobachtung heraus.

Die beiden aus dem Café sind hier!

Sie deutete mit dem Finger in ihre Richtung, aber Philipp zuckte nur mit den Schultern, was so viel wie Zufall bedeuten sollte. Die Sonnenblende heruntergeklappt, beobachtete Kira das andere Fahrzeug im Schminkspiegel und sah, wie der Beifahrer zum Fiat rannte, kaum daß Philipp aus der Parklücke fuhr. Die Tür des Fiats war noch nicht geschlossen, als er sich in Bewegung setzte. Auch Philipp hatte es gesehen. Die Frage, ob sie den Mann, nein, die Männer kenne, ersparte er ihr nicht.

Nein!

Selbstverständlich kannte sie die Männer nicht.

Würde ich sonst so reagieren?

Philipp sagte nichts darauf, rutschte aber auf seinem Sitz hin und her, was er immer tat, wenn er nervös war. Schweigend fuhren sie der Grenzstation nach Frankreich entgegen, mehr nach hinten, als nach vorne schauend. In der aufkommenden Dämmerung waren von dem nachfolgenden Auto nur noch die beiden kreisrunden Lichter zu sehen. Philipp fuhr schnell, aber der Fiat hielt das Tempo. Nie zu nah, er hielt genügend Abstand und blieb doch immer in Sichtweite. Unterwegs zweigten einige Straßen nach rechts oder links ab, aber kein Auto verließ die breite Straße, keines kam hinzu. Kurz vor der Grenze sah Philipp die Rücklichter eines vorausfahrenden Wagens. In einem halsbrecherischen Überholmanöver setzte er sich vor ihn. Da der Fiat keinen Versuch machte, die alte Reihenfolge wieder herzustellen und dann sogar auf dem Standstreifen stehen blieb, lachten Kira und Philipp erleichtert auf. Es handelte sich also wirklich um einen Zufall.

Uns ist die Fantasie durchgegangen! Warum auch sollten wir verfolgt werden?

Als sie an der Grenzstation aussteigen mußten, um den Kofferraum zu öffnen, sahen sie weit und breit keinen Fiat mehr. Der Zöllner war freundlich und wünschte gute Weiterfahrt. Im überholten Wagen, der in der Zwischenzeit zur Grenze gekommen war, saß eine Familie mit Kindern. Sie wurde ohne Kontrolle durchgelassen.

Philipp überließ Kira das Steuer und schloß den Sicherheitsgurt. Er richtete sich auf, sah am Straßenrand eine schwarze Limousine. Als Kira den Motor startete, gingen deren Scheinwerfer an. Beim Vorbeifahren erkannte er, daß der große, dunkle Wagen mit vier Personen besetzt war. Männer oder Frauen, die einsetzende Dunkelheit ließ ein genaues Erkennen nicht zu. Auch nicht, ob es sich um ein spanisches Kennzeichen handelte. Die Limousine nahm Fahrt auf. Philipp reagierte panisch, sah Kira entsetzt an. War es möglich, daß sie wirklich verfolgt wurden?

Für Spekulationen fehlte beiden der Atem. Sie starrten abwechselnd auf die dunkle Straße, dann in den Rückspiegel. Wie von einer Schnur gehalten, hielten sich die Verfolger dicht hinter ihnen. Kira änderte stetig das Tempo, schlich manchmal geradezu, um dann wieder so zu beschleunigen, daß es Philipp in den Sitz drückte. Sie waren bereits nahe Pas du Loup, irgendwann würde die Abzweigung kommen. Philipp stand der Schweiß auf der Stirn. Die Strecke wurde jetzt, in Nähe des Gebirges, kurvenreicher.

Es war ein Reflex, kein Nachdenken, das Kira veranlasste, nach einer lang gezogenen Kurve, in der die nachfolgenden Lichter für einen Augenblick aus dem Rückspiegel verschwunden waren, mit unverminderter Geschwindigkeit in eine kleine, kaum einsehbare Nebenstraße zu rasen und die Scheinwerfer auszuschalten. Die Verfolger, soviel erkannte Philipp durch die Seitenfenster, blieben auf der Hauptstraße, beschleunigten ihren Wagen und verschwanden hinter dem nächsten Felsen.

Langsam, ohne Licht zu machen, fuhr Kira weiter. Philipp lotste sie an einer Abzweigung wieder auf eine befestigte Straße. Bis dorthin waren sie auf Schotterwegen gefahren, wußten nicht, ob die Fahrt in einem Bach oder einem Graben enden würde. Die Limousine war verschwunden, und ihr Saab hatte den Ritt gut überstanden, zumindest fuhr er mit gewohnten Geräuschen die Serpentinen, entlang der Felsen, bis nach Pas du Loup.

Wir lassen den Wagen und die Garagentür diese Nacht offen stehen.

Philipp bestand darauf. Er hatte inzwischen die Vermutung geäußert, sie sollten als unfreiwillige Drogenkuriere mißbraucht werden und wenn er recht behielte, kämen die Verfolger bald, um sich ihre Ware zu holen.

Peilsender, fügte er flüsternd hinzu.

Bliebe alles offen, gäbe es keinen Grund, sie im Haus zu behelligen.

Das wäre durchaus möglich, überlegte Kira und beteiligte sich an der Suche nach den vermeintlichen Drogen. Sie sahen unter die Karosserie und in den Radkästen nach. Hastig und ohne Plan rissen danach sie Verkleidungen des Kofferraums heraus, brachten die Teile dann notdürftig wieder an, immer wieder in die Stille der nächtlichen Pyrenäen horchend.

Sie fanden nichts, was Philipps Verdacht bestätigt hätte. Schließlich gingen sie ins Haus und drehten hinter sich zum ersten Mal den Schlüssel im Schloß der schweren Eingangstür aus Eichenholz zweimal um.

Warten und Schweigen. Kein Zeiger auf irgendeiner Uhr der Welt dreht sich dabei schneller. Sie saßen im dunklen Eßzimmer, die Straße im Blickfeld oder das, was sie als den Verlauf der Straße vermuteten. Die hohen Büsche ließen nur von der Terrasse den freien Blick in das Tal zu, und nichts erschien Kira in diesen Augenblicken schlimmer, als das eingeschränkte Blickfeld. Wenn man nichts sieht, verstärkt sich jedes Geräusch. Nach nicht einmal einer Stunde begannen die Ginsterbüsche vor ihren Augen zu tanzen, dürre Zweige formten Gesichter, sie sah Lichter, wo keine sein durften und hörte ein Flüstern, das sie nicht einordnen konnte. Philipp saß, den Blick starr geradeaus gerichtet, steif auf dem Gartenstuhl, als kröche eine Schlange seinen Rücken hoch.

So geht es nicht weiter, sagte Kira.

Sie vereinbarten, abwechselnd Wache zu halten. Philipp würde die nächsten zwei Stunden übernehmen, dann wäre sie an der Reihe. Im Augenblick war Kira ihm dankbar für das Angebot. Sie war entsetzlich müde, ging in ihr Zimmer und schlief sofort ein.

Was Kira aufschrecken ließ, konnte sie nicht ausmachen. Stille im und um das Haus und dennoch lag darin eine andere Qualität, als zuvor. Vorsichtig, jedes Geräusch vermeidend, schob sie sich aus ihrem Bett. Die kalten, nackten Fließen schmerzten. Kira schlich zur Tür, hob den Wecker, der auf einem Bücherbord stand und stellte fest, daß erst eine Stunde vergangen war, seit sie sich schlafen gelegt hatte. Dennoch war sie hellwach und wollte Philipp ablösen. Sie trat in den Flur, ging die Treppen hinunter und weiter zur Tür des Eßzimmers. Vorsichtig und leise rufend klopfte sie, Philipp sollte sich nicht erschrecken. Er antwortete nicht. Sie versuchte es erneut, diesmal lauter. Noch immer keine Reaktion. Lautlos drückte sie die Klinke nach unten, und sah durch den geöffneten Spalt.

Philipp war fort. Sie fand ihn auch in keinem der anderen Zimmer und nach draußen wagte sie nicht zu gehen. Der Hausschlüssel, der innen im Schloß stecken sollte, war verschwunden. Kira zitterte vor Angst und Kälte, nahm Vorgänge in ihrem Körper wahr, die sie nie zuvor erlebt hatte. Langsam kroch etwas, das sie als Magensäure einordnete, von tief unten empor, breitete sich im ganzen Brustraum aus, sammelte sich im Rücken und verursachte dort einen brennenden Schmerz. Das Atmen tat weh, die Knie hielten sie nicht mehr. Wenn das eine Ohnmacht werden würde, dann sollte sie kommen. Kira wußte nicht weiter.

*

Daß er früher so viel fotografiert hatte und beständig die schwere Ausrüstung mit sich herumschleppte, konnte Friedrich Fellbrügge nicht mehr verstehen. Tausend und mehr Abzüge, die sortiert und beschriftet werden sollten. Die Papiere ordnen, hätte sein Vater dazu gesagt. Für ihn waren Fotos wichtige Dokumente und liebenswerte Nostalgie in einem gewesen. Friedrich hatte das wie ein stolzes Erbe übernommen.

Nun lagen die Momentaufnahmen vor ihm. Augenblicke seines Lebens auf Papier gebannt. Neue Alben gab es im Übermaß, er hatte sie bestellt und vom Versandhaus geliefert bekommen, wie manch anderes, was fehlte.

Was ich wirklich gebraucht hätte, läßt sich nicht versenden, dachte er bitter.

Friedrich schob den Bilderberg zur Seite und trat auf den kleinen Balkon. Gegenüber traf sein Blick auf identische Fensterreihen, selbst die blaugestreiften Markisen waren von der Hausverwaltung vorgeschrieben worden. Neben ihm zwei Rasenstücke, die aussahen wie grüne Postkarten. Er beschloß, die Fotos nicht mehr einzukleben. Seinem Vater war er schon lange zu nichts mehr verpflichtet.

Im Zimmer nebenan lag Margarete und schlief. Sie wird eines Tages ihren Tod verschlafen, dachte er und erschrak über diesen Gedanken. Er zwang sich an den Schreibtisch. Das erste Foto, das er zur Hand nahm, zeigte ihn und Margarete vor der Farm. Ihr Körper war von einem transparenten blauen Tuch umhüllt.

Was für eine zauberhafte Person sie gewesen ist!

Erinnerungen sollen das einzige Paradies sein, aus dem man nicht vertrieben werden kann? Was für ein Irrglaube. Friedrich fühlte bei keinem Bild, bei keiner damit verbundenen Erinnerung ein Paradies. Nicht nur, weil sie aus Namibia vertrieben und verjagt worden waren, als ihre Farm abbrannte. Erinnerung ist Täuschung, Vergoldung der Lebensbahn. Es ist die unterbewußte Verweigerung, katastrophalen Geschehnissen einen Platz im Bewußtsein einzuräumen. Friedrich fragte sich, wie sehr die Menschen ihr Gedächtnis manipulieren konnten. Wie gut hatte sein Vater damit leben können? Er hat ihm eine Farm hinterlassen, in der Schimmel wuchs, und geglaubt, es genüge der Ratschlag, sie nur sicher genug zu verschließen, so könne nichts davon nach außen dringen.

Friedrich warf die Fotos endgültig in einen großen Karton, die Alben legte er darüber. Er sollte nach Margarete sehen.

*

Zur vereinbarten Ablösezeit hörte Kira, daß sich die Haustür öffnete. Philipp. Er habe die Anspannung nicht mehr ertragen und sei zur Straße gegangen, irgendwas mußte er tun! Überhaupt, weshalb bist du wach?

Vorhin hast du es doch vorgezogen, dich ins Bett zu legen.

Kira wurde sehr laut, als sie ihm antwortete, daß dies so vereinbart worden war, ob er das auch vergessen habe.

Was meinst Du mit – auch? schrie Philipp zurück.

Aber da weinte sie schon, er habe sie alleingelassen, nicht zum ersten Mal.

Das weißt du.

Kommt jetzt wieder die alte Leier?

Philipp stöhnte. Sie hätten, weiß Gott, andere Probleme, als gerade jetzt Grundsatzdiskussionen zu führen. Und wenn es schon sein müsse, vielleicht erinnere sie sich daran, daß sie ihn alleingelassen habe, damals, mit dem Typ.

Nicht jetzt, Philipp, nicht jetzt!

Er schwieg. Nach geraumer Zeit sagte er, er werde jetzt schlafen gehen, wenn sie etwas beobachte, solle sie ihn wecken, aber vermutlich hätte sie sich die ganze Verfolgung nur eingeredet und habe ihn mit ihrer Hysterie angesteckt. Besser, sie ginge schlafen, müde und bleich wie sie aussehe.

Müde und bleich. Nachlässig und fantasielos. Ungünstig und fad. Zu groß, zu klein. Die Schuhe passen nicht, die Jeans sind zerrissen. Solche Kommentare begleiteten Kira seit Jahren. Sie sah ihn, wie er perfekt gestylt einen Raum verließ. Mehr und mehr glaubte er an das, was er mit seinen Werbeslogans zu suggerieren suchte. Und je häufiger er das tat, desto mehr verschwand jener Philipp, den sie kennengelernt hatte.

Pianistin sei seine Frau, stellte er sie nicht ohne Stolz vor. Sie schwächte das ab, nein, Klavierlehrerin. Nur da stand schon etwas im Raum, was er sich nicht mehr nehmen lassen wollte. Sie hatte sich daran gewöhnt, mit seiner Eitelkeit, mit seiner Kritik und mit seinem Schweigen zu leben. Aber jetzt hatte er sich aus dem Staub gemacht, der Feigling, sich davongestohlen.

Wenn die Verfolger gekommen wären, was hätte ich denn alleine ausrichten können?

Die Begründung, mit der er sein Verhalten erklärte, war ein zusätzlicher Schlag in ihr Gesicht. Mit einem Brief ohne Inhalt im Gepäck waren sie in die Ferien gefahren, und das bisherige Geschehen räumte nicht damit auf.

Sie wird ihm sagen, daß sie zurück möchte.

Gleich am Morgen wird sie ihm das sagen. Kira ging in ihr Zimmer, um zu packen.

Er hat unsere gemeinsame Angst verraten. Mit diesem Gedanken schlief sie ein.

Es tut mir leid! Bitte entschuldige!

Philipp saß an ihrem Bett, grub seinen Kopf in ihr Haar. Das Gleiten vom Schlaf ins Wachsein war ihre schutzlose Zeit. Er hatte sie heftig umarmt, sie erwiderte, umschloß ihn, nahm ihn, umklammerte ihn, er löste sich leicht um sie anschauen zu können, wartete, schloß die Augen und als er sie wieder öffnete, sah sie eine Traurigkeit darin, wie sie sie nie zuvor bemerkt hatte. Nur ein Moment, ein Lidschlag, dann war das vertraute Lächeln wieder da, mit dem er sich immer von ihr löste.

Philipp fuhr in den Nachbarort, um frisches Baguette zu holen. Sie ließen sich für das Frühstück Zeit, blätterten in der mitgebrachten Zeitung, studierten die Nachrichten und schauten nach Veranstaltungen. An eine frühe Rückkehr dachte sie nicht mehr.

Philipp erzählte, er habe beim Bäcker ein Plakat entdeckt, auf dem zu lesen war, daß der Zirkus »Billie Bill« am Nachmittag eine Vorstellung geben würde. Er wußte, Kira mochte die Zirkusluft. Sie wollten nach dem Essen zu Fuß zur Vorstellung gehen. Es war ein weiter Spaziergang aber eine gute Gelegenheit, die Gedanken des vergangenen Tages und der Nacht zu vertreiben. Zuvor nahmen sie noch einmal Auto und Garage in Augenschein, obwohl Kira inzwischen ebenfalls der Meinung war, bei der ganzen Sache habe es sich um einen Spuk gehandelt, den sie sich eingeredet hätten. Wie in der vergangenen Nacht, fanden sie auch jetzt nicht den geringsten Hinweis. Sie brachten die im Dunkeln nur provisorisch montierten Verkleidungen wieder an. Dem Saab war nicht mehr anzusehen, daß sie fast den gesamten Kofferraum freigelegt hatten. Das Garagentor ließen sie dennoch, wie an allen Tagen ihres Aufenthaltes, geöffnet.

Gäbe es einen Sonnengott, dann wäre er es gewesen, der die Wärme jeden Tag um eine Rastereinheit nach oben gedreht hätte. Es war Mitte September und das Thermometer stieg wieder über die 30-Grad-Marke. Das Zirkuszelt sah aus, als lüpfte es seinen Rock. Rundum waren die untersten Planen nach oben geklappt und die Tore standen beidseitig weit offen. Philipp besorgte Karten, und die Loge, die er gewählt hatte, entpuppte sich als kleine Nische, in der zwei Campingstühle direkt vor der Bande standen.

Mitten im Geschehen.

Kira freute sich darüber, auch wenn sie nach wenigen Minuten von Schweiß durchnäßt war. Die Ausstattung des Innenraums war einfach aber liebevoll mit Glitzervorhängen und Farbbändern verziert. Sensationen! Sensationen! stand auf dem Plakat, das die Tür zum Artisteneingang versperrte. Ein Medley schwungvoller klassischer Zirkusmelodien sorgte für wundervolle Unterhaltung, während sich das Zelt nach und nach füllte. Kinder mit Eltern, Kinder mit Großeltern, Kinder in Gruppen, Kinder mit Geschwistern, Kinder alleine.

Nicht jetzt, dachte Kira, hört denn das nie mehr auf!

Sie mochte nicht daran denken, daß sie nie mehr Kinder mehr bekommen würde. Aber ihre Gedanken waren keine Zirkuspferde, sie liefen wild und ungezähmt in ihrem Kopf herum. Kira schluckte heftig, was Philipp nicht bemerkte. Zum Glück, dachte sie, er würde es in diesem Augenblick nicht verstehen.

Die Musik wurde lauter, ein Trampeln, kurz darauf stürmte ein mächtiger Wallach ins Zelt und drehte mit hohem Tempo seine Runden.

Ich saß auf der obersten Treppe, hörte den Lärm, dachte mir nichts dabei.

Zwei junge Männer sprangen wagemutig auf das muskulöse Pferd, schwangen sich mit gerade gestreckten Beinen nach links, dann wieder nach rechts, stiegen ab, stiegen wieder auf, krallten sich in die riesige goldgelbe Mähne. »Cheval! Cheval!« skandierten die Kinder.

Wer mich letztlich gestoßen hat, kann ich nicht sagen. Die Jungen sprangen über mich und jagten die Treppe herunter. Es ging so schnell. Ich fiel vornüber, überschlug mich mehrmals, mehr weiß ich nicht. Wo bin ich hier?

Dieses Tempo war unglaublich, das Pferd drehte unbeirrt seine Runden, immer mehr Artisten turnten auf seinem Rücken, schwangen sich unter seinen Bauch durch und einer nach dem anderen kam mit einem Salto zum Stehen.

Warum bin ich im Krankenhaus? Ich möchte einen Arzt sprechen. Ich erwarte ein Baby und möchte wissen, ob alles in Ordnung ist. Wer sind Sie denn? Wie oft soll ich Ihnen noch sagen, ich weiß nicht, was Sie meinen mit Ihren Andeutungen. Was ist mit meinem Kind? Hören Sie mir überhaupt zu?

Ein Junge von etwa acht Jahren und seine um ein Jahr ältere Schwester – sie hatten ein Gesicht, hübsch und dunkel – stellten sich in das Rund um ihre Jonglierkünste zu zeigen. Ein Seil wurde gespannt, knapp einen Meter über dem Boden, von einem Podest zum anderen. Graziös den einen Arm nach oben gereckt, im anderen ein feines buntes Schirmchen, schob sich die Kleine über das Seil, verharrte, ging wieder weiter und – mit Unterstützung eines Älteren – spreizte sie die Beine zu einem Spagat. Applaus, Applaus, und ein stolzes Kind verließ die Manege.

Mein Name ist Kira Assmann. Ich bin hier, weil ich die Treppen hinuntergestoßen wurde. Hören Sie denn nicht? Kira Assmann! Sie sind Polizeibeamter? Was habe ich mit der Polizei zu tun. Sie verwechseln mich!

Das Seil wurde in die Höhe gezogen. Nun trat eine junge Tänzerin in einem mit Pailletten besetzten Kostüm in die Manege. Die Beleuchtung ließ es im Halbdunkel nur so funken. An einer Strickleiter stieg sie nach oben. Dort angekommen, tanzte sie auf dem Seil. Einige Schritte nach vorne, rückwärts, sie drehte sich, bot ihr ganzes Können auf. Mit einem strahlenden Lächeln verkaufte sie in der Pause Zuckerwatte.

Um Himmels willen! Was ist nach dem Sturz geschehen? Was reden Sie denn da! Sind Sie verrückt. Ich soll mein Kind getötet haben! Mein Kind! Der Arzt! Wo ist der Arzt?

Endlich! Da sind Sie ja. Erklären Sie dem Herrn von der Polizei, daß hier eine Verwechslung vorliegen muß. Ich weiß von keiner Geburt und keinem Schrank, in dem er ein totes Kind gefunden haben will. Mein Kind ist in mir!

Vier dicke Ziegen traten auf. Sie hüpften über Hindernisse, drehten sich zu Tangomusik. Bald machten sie einen unmutigen Eindruck, gehorchten sie keinem Befehl mehr, standen bockig in der Mitte, zum Angriff bereit. Mit breitem Lachen trieb der Zirkusdirektor das störrische Vieh zum Ausgang. Applaus gab es trotzdem, und nicht zu wenig. Ein Stuhl wurde auf den anderen gesetzt, ein mehr als instabiler Turm. Der Akrobat turnte darauf und mit einem kunstvollen, einarmigen Handstand schloß er seine Darstellung.

Tun Sie doch was! Ich habe schreckliche Schmerzen!

Die nächste Sensation war der Feuerschlucker. Das mußte man gesehen haben! Die Flammen fuhren in alle Richtungen. Es wurde noch heißer im Zelt und alle starrten auf die Kuppel, wohin ein glutroter Schweif raste. Der Mut und das Können dieses Mannes waren einen riesigen Applaus wert. Zum Abschluß der Vorstellung brachte er noch einmal das ganze Zelt zum Glühen und die aufmerksame Seiltänzerin streute Sand auf die eine oder andere kleine Flamme, die am Boden züngelte.

Sie sagen, daß es eine Verkettung unglücklicher Umstände gewesen wäre. Seien Sie doch still. Wissen Sie, was ich verloren habe?

Nein, Sie wissen es nicht.

Verschwinden Sie. Ich habe solche Schmerzen. Es ist, als hätten Sie das Kind in mir verbrannt.

*

Margarete hatte er seit Stunden nicht gehört. Als er die Tür zu ihrem Zimmer aufschloß, wandte sie sich ihm zu, kurz nur, um gleich wieder den Blick auf das Fenster zu richten. Friedrich sagte lange nichts, stand nur da und betrachtete ihren schmalen Rücken. Dann ging er zu ihr und legte ihr ein Päckchen in den Schoß.

Ich habe dir Briefpapier gebracht. Die Tür und das Telefon werde ich auch nicht wieder abschließen.

Sie müsse verstehen, es sei zu ihrem eigenen Schutz gewesen. Er gehe jetzt in die Stadt, Besorgungen machen.

Er kleidete sich sorgfältig an und fuhr mit der Straßenbahn in das Zentrum. In einer Buchhandlung erkundigte er sich nach Kalendern. Es sollte doch möglich sein, eine Anzahl von Jahrgängen vorab zu kaufen, schließlich waren kalendarische Daten eine feste Größe. Er wollte einfach das Gefühl genießen, in der Zukunft zu blättern. Sie mußten sie bestellen.

Ja, drei Jahrgänge werden erst einmal genügen.

Ohne sich weiter um das zu kümmern, was um ihn herum stattfand, fuhr er zurück. Er war unruhig. Er sollte Margarete nicht alleinlassen. Ihre Depressionen waren eine unbekannte Größe, mit der er nicht umzugehen wußte. Manchmal empfand er ihr Verhalten als Anklage, die ihn tiefer verletzte als jedes Wort es vermocht hätte, öfter aber betrauerte er ihre Apathie. Denn sie war es gewesen, die ihn als jungen Mann aus seinem Gleichmut befreite. Sie war jung, aber bereits bis in die Haarspitzen eine Frau. Der Krieg hatte auch sie aus der Kindheit katapultiert. Und es half nicht, daß sie, nach dem Tod ihrer Eltern, behütet und verhätschelt bei zwei Tanten aufwuchs.

Er war achtzehn und hatte soeben die Internatsschule bei Johannesburg mit dem Abitur abgeschlossen. Studieren wollte er nicht. Er hatte sich entschieden, die Farm seines Vaters zu übernehmen. Sein Wunsch war ebenso der des Vaters.

An die Mutter erinnerte er sich kaum. Sie war nach einem Schlangenbiß gestorben, eine dramatische Rettungsaktion war erfolglos geblieben. Greta mußte ihm später immer wieder erzählen, wie ein Flugzeug auf dem langen Feld hinter dem Zaun landete, um die Mutter in die Klinik zu bringen. Sie kam nie zurück, und so glaubte er lange daran, daß sie direkt in den Himmel geflogen sei. Greta war es auch, die ihn im Glauben ließ, in jedem Flugzeug, das die Farm überflog, säße seine Mutter, um ihm zuzuwinken. Sein Vater durfte davon nichts erfahren.

Er hätte diesen Hokuspokus, wie er Gretas Erzählungen nannte, augenblicklich unterbunden. Aber gerade diese Geheimnisse zwischen der Kinderfrau und ihm halfen, mit dem Verlust in all den Jahren Frieden zu schließen.

Der Besuch bei Margarete und ihren Tanten fiel in die 50er Jahre. Sie waren nach Hamburg umgezogen und er war ohne Vorgaben zu ihnen gereist, sollte nach dem Internat einige Wochen in Deutschland verbringen. Da es keine Verwandten gab, bat Friedrichs Vater die Familie seines toten Freundes um die Aufnahme seines Sohnes. Er und Margaretes Vater waren von Kindesbeinen an Freunde gewesen.

Friedrich war nicht besonders begeistert, seinen Urlaub bei alten Damen und einem Kind zu verbringen. Sie waren für ihn nichts weiter, als Überlebende eines Krieges, der den Freund seines Vaters getötet hatte. Aber er wurde mit so viel Herzlichkeit empfangen und versorgt, daß er sich wohlfühlte. Er lebte mit *seinen drei Frauen*, wie er sie bald nannte, in einer Altbauwohnung nahe der Elbchaussee, die sparsam aber geschmackvoll eingerichtet war. Jahre später heiratete er seine kleine Margarete.

Den Teil des Hausrats, der ihr gehörte, ließ Friedrich nach der Hochzeit mit dem Schiff nach Namibia transportieren. Margarete bestimmte, was verpackt wurde. So kam auch das alte Schaukelpferd aus poliertem Holz nach Südwestafrika. Margarete hing daran, obwohl die Zeit ruppig mit ihm umgegangen war. Dort, wo ein Bein den trabenden Gang andeuten sollte, war der Fuß nur notdürftig angeklebt. Er fiel bei der kleinsten Berührung zu Boden. Innen war das Pferdebein hohl, eine feine, gekonnte Arbeit, und ein sicheres Versteck in Zeiten, wo keiner sicher sein konnte, seine Habe retten zu können. Das Holzpferd stand heute zugedeckt neben Margaretes Bett, unbeachtet wie etwas, dessen Fröhlichkeit man nicht ertragen kann.

Was war sie für ein besonderes Kind gewesen. Margarete zeigte so viel Begeisterung für alles um sie herum, daß er sich davon anstecken ließ. Sie liebte ihre Tanten, was sie aber nicht daran hinderte, Späße mit ihnen zu treiben. Ihr war das Talent eigen, in allem eine Freude zu finden. Selbst die täglichen Rituale ließen ihr Raum für Fantasie und Streiche. Und er ließ sich gerne davon entführen. In seiner gesamten Internatszeit hatte er nicht so viel gelacht wie in jenen Wochen.

Friedrich hatte diese Freude nicht erwarten können. Er wußte von seinem Vater, daß Margaretes Eltern bei einem Luftangriff auf Hamburg ums Leben gekommen waren und sie diesem Schicksal nur knapp entgangen war, weil sie gerade noch rechtzeitig zu Verwandten aufs Land verbracht worden war.

Friedrichs Vater sorgte dann dafür, daß Margarete nach Kriegsende von den beiden Damen aufgenommen wurde. Er erfüllte damit die Bitte seines Freundes. Das Versprechen, sich um die Kinder zu kümmern, falls dies nötig würde, war gegenseitig abgegeben worden. Es lag nun an ihm, es zu halten.

So reiste Friedrichs Vater zum Aufenthaltsort des Mädchens, organisierte im Chaos der Besatzungszeit den Umzug und brachte Margarete und die Tanten nach Hamburg, ihre wenige Habe im Leihwagen. Margarete warf ihm noch als junge Frau vor, er sei es gewesen, der ihr Schaukelpferd beschädigt habe. Das hatte er stets empört bestritten. Als er es in die Hamburger Wohnung trug, streckte es sein hohes Bein unter der Decke hervor. Er empfand es als immerwährenden Vorwurf.

*

Galant hatte der Zirkusdirektor das Publikum verabschiedet, die Besucher stürmten ins Freie, sammelten sich im Gras und atmeten die würzige Luft, die der auffrischende, Regen ankündigende Wind, aus den Bergen brachte. Einige Kinder turnten am Gestänge des Zeltes, andere näherten sich vorsichtig dem riesigen Wallach, der sich aber nicht stören ließ, sondern weiter ruhig an dünnen Grashalmen riß, die mitsamt den Wurzeln im Maul verschwanden.

Kira sprach nichts auf dem langen Fußweg zurück in ihr Ferienhaus. Sie war über jede Ablenkung froh, die ihr die Landschaft bot. Die Straße führte eng an felsigen Hängen entlang, immer wieder lag Geröll im Weg, dem sie ausweichen mußten. Auf der anderen Seite war zur Absicherung ein Geländer angebracht worden, der Abhang zum Flüsschen hinunter war steil. Obschon alles danach aussah, die Gegend um Pas du Loup hatte keinen alpinen Charakter. Auch das touristische Ambiente fehlte. Nirgendwo fanden sich Schilder mit Hinweisen auf die Tier- oder Pflanzenwelt, weder waren Wanderwege ausgewiesen, noch gab es Kioske, die Andenken oder Postkarten verkauften. Die regionale Identität dieses Landstriches blieb verborgen. Die wenigen Lebensmittelgeschäfte verkauften abgepackte Großhandelsware – sie hätte genauso gut in einem Vorort von Paris einkaufen können. Lediglich in der Metzgerei lagen versteckt, fast verschämt zwischen den in Folien angelieferten Fleischstücken, Würste. Auch hier bezahlte man an Kassen, die auf dem neuesten Stand der Technik waren. Eine seltsame Interesselosigkeit am Zustand der Güter verband die Käufer. Die Menschen blieben unter sich, mißtrauten allem, was aus dem Norden kam. Kira wünschte, es handle sich um eine Verschwörung gegen die Beschlüsse der Zentralregierung in Paris. Man hielt die Vorschriften soweit ein, wie sie überprüfbar waren. Das Wirkliche, das Wahre aber lagerte irgendwo versteckt, in Felsenkellern oder fand hinter den dunklen schmalen Türen statt. Sie kam auf diese Idee, weil sie einmal Gelegenheit hatte, in den Innenhof eines nach außen völlig unscheinbaren Hauses zu schauen, ehe die schwere Tür wieder verschlossen wurde.

Rundbögen wölbten sich dort über sonnigen Terrassen, es gab gelbe und rote Blumeninseln, Peperoni hingen gebündelt an den Wänden und überall wuchsen Tomaten. Nicht einmal auf dem Wochenmarkt wurden solch prächtige Exemplare angeboten. Ein mächtiger Hängegrill bildete das Zentrum des Innenhofs, um ihn standen Bänke und aufgestapelte Plastikstühle, die viele Freunde erahnen ließen.

Das war der Süden, nicht dieses feindselige karge Tal, in dem sie wohnen mußten. Sie sprach mit Philipp darüber.

Carcassonne sei nicht weit, und sicher seien früher marodierende Heere die Wege hier am Fluß entlang gezogen, antwortete er. Die setzten den Bewohnern der kleinen Siedlungen schwer zu, man verbarrikadierte sich, und das kollektive Gedächtnis der Menschen aller Landstriche habe starke Stricke und wirke fort, daran könnten Neuerungen wenig ändern. Kira nickte bei diesen Gedanken, nicht nur ihre Generation hat das zu spüren bekommen.

Was hat Friedrich und Margarete in diesen hintersten Winkel Frankreichs verschlagen?

Kira stellte Philipp die Frage. Er wußte nichts Genaues. Er hätte es so verstanden, daß das Haus in den Besitz von Friedrichs Vater kam, weil ein gewisser Claude ihm das aufgeschwatzt habe. In Windhuk sei das gewesen. Mit welchen Versprechungen auch immer.

Kira wollte wissen, wer dieser Claude sei, aber Philipp wußte es nicht.

Du kennst Claude nicht, einen der augenscheinlich weiß, wie man Illusionen verkauft?

Kira hatte das Tal, die ganze Gegend angreifen wollen, nicht Philipp. Der aber war augenblicklich still, sprach nichts mehr auf dem Weg und nichts, als sie ins Haus gingen.

Sie hätte besser überlegen sollen, wußte, als es gesagt war, wie er reagieren würde, und machte doch keinen Versuch, ihm ihre Gedankenkette zu erklären. Wenn sie ihn in seiner beruflichen Tätigkeit angriff, würde sie warten müssen, bis er von selbst wieder zu reden begann. Sie hatte es zu oft erlebt, um sich noch darüber zu erregen.

Verstanden hatte sie ihn nie. Manche Beleidigung, die sie als solche ausgesprochen hatte, überging er ohne Reaktion. Andere, nebenbei hingeworfene Worte, ohne Ernst und Ziel gesagt, führten zu stundenlangem Schweigen. Einmal erklärte ihr Philipp, daß es der Ärger und die Scham über sich selbst wäre, der ihn hindere zu reden, doch damit wußte sie nichts anzufangen. Und niemals ein falsches Wort über seine Arbeit. Philipp sah Werbung als wichtigen und richtigen Bereich der Marktwirtschaft. Auch gegenüber Freunden und Bekannten hatte er sie immer verteidigt. Vom Sprungbrett bis hin zum offenen Markt, Werbung unterstütze, informiere, vermittle zwischen Hersteller und Verbraucher und behaupte damit den Platz eines …

Souffleurs am Theater der Verführten, hatte ihn Kira einmal unterbrochen.

Statt sich mit ihr auseinanderzusetzen, wurde sie unvermittelt zur Beschuldigten. Postwendend warf Philipp ihr vor, ihr Talent zur Musikerin verschleudert zu haben. Ob aus Feigheit oder aus Faulheit, dahinter sei er noch immer nicht gekommen. Sie habe die besten Voraussetzungen gehabt, auf dem Silbertablett hätten ihre Eltern sie zum Musikstudium getragen, den monatlichen Scheck als Freibrief hinterher. Sie wäre auf allen Bühnen der Welt willkommen gewesen, hätte nur die Geduld aufbringen müssen, statt dessen diese halbherzigen Unterrichtsstunden, davon könne sie ja wirklich keine Schlösser bauen.

Immer noch besser, als Luftschlösser zu fabrizieren, hatte sie ihm geantwortet, worauf er entgegnete, seine Luftschlösser würden immerhin so viel abwerfen, daß sie beide ganz gut von ihnen leben konnten.

Solche Animositäten waren oft genug der Auftakt zu heftigsten Streitigkeiten, mit der Zeit aber wurde das Schweigen zum Mittel ihrer Auseinandersetzungen. Und ihre Art des Schweigens war wie eine Zündschnur. Kira war sich nicht klar darüber, wer von ihnen beiden die Flamme darunter halten würde. Sie bedauerte längst, Friedrich Fellbrügges Einladung gefolgt zu sein, der dornige Hang im Rücken des Hauses schien sich durch die Mauern gebohrt zu haben. Seine Gastfreundlichkeit galt nicht ihnen, sie hätte mehr auf ihr Gefühl achten sollen, auch an jenen Tagen, als Philipp und sie zum ersten Mal in Rügen aufeinandertrafen. Der Regen hatte eingesetzt, Kira konnte nicht zum Fluß.

*

Margarete ging in Namibia mit allem, was sie aus ihrer Kindheit gerettet hatte, behutsam um. Ein Eßgeschirr aus feinem Email, dazu ein filigranes Besteck. Ohrringe und Armbänder, die ihrer Mutter gehört hatten. All das, was in der roten Blechdose gehortet lag, hatte sie manchmal ausgebreitet, gereinigt, um es dann wieder in Flanelltücher einzuschlagen. Sie sang dabei, und Friedrich hatte sie oft erstaunt angesehen. Er konnte früher mit dem Verlust seiner Mutter ruhig und versöhnt umgehen. Aber je älter er wurde, desto mehr fehlte sie ihm, auch wenn sich die Erinnerung an ihr Gesicht nur von Fotos nährte. Margarete besaß keine Bilder ihrer Eltern, vielleicht war es deshalb leichter für sie. Ab und an trug sie den Schmuck und auch da lächelte sie sich im Spiegel an. Sie war so fröhlich gewesen, als sie als junges Mädchen nach Windhuk gekommen und seine Frau geworden war.

Mit der Farm hatte sie keine Arbeit, das erledigten die Frauen und Männer, die schon Jahre zuvor seinem Vater gedient hatten. Greta organisierte den Haushalt wie gewohnt, Margarete überließ ihr diesen Bereich gerne. Manchmal hatte sie Friedrich begleitet, wenn er die

Zäune kontrollierte. Bei den 32 Quadratkilometern Land mußten 16 000 Pflöcke und 260 Kilometer Draht überwacht und ständig ausgebessert werden. Ganz Namibia schien eingezäunt zu sein, zumindest hatte Margarete das vermutet, wenn sie, was nicht oft möglich war, nach Norden zu den Epupa-Wasserfällen fuhren. Die intensive Bewirtschaftung der Farm verschlang Friedrichs ganze Zeit und nach dem Tod seines Vaters kamen die Verwaltungsaufgaben noch hinzu. Friedrich konnte seiner jungen Frau nicht viel Abwechslung bieten. Margarete beklagte sich nie darüber. Zur Jagd hatte sie die Männer nur ein einziges Mal begleitet und, wie von ihr erwartet wurde, daneben geschossen, was von den Herren charmant kommentiert wurde. Sie waren es, die das Tier töten mußten – und wenn es ihnen nicht gelungen war, redeten sie die Beute tot.

*

Die größte Insel war wieder da, Rügen gab es wieder. Für alle. Sperrgebiete schützten nur noch Wachteln, Kormorane oder Rotköpfchen. Lichtspiele in den Alleen. Bäume, die sich mit Fingerspitzen zu berühren schienen, kräftige alte Kerle, die von Republiken und dem, was zuvor war oder danach kam, nicht zu beeindrucken waren. Kurz nach der Wende fuhr Kira zur Ostküste. Da das Konzert auf Schloß Sprenker erst am nächsten Tag stattfinden würde, ließ sie sich Zeit. *Eine kleine musikalischen Reise mit Liedern von Schubert.* So stand es auf den Plakaten. Sie sollte eine namhafte Sängerin begleiten.

Die Karte auf dem Beifahrersitz, verpaßte Kira dennoch schon an der ersten Kreuzung die richtige Abfahrt. Sie überlegte zu wenden, aber nirgendwo macht es weniger aus, sich zu verfahren, als auf einer Insel. Das Wasser hält von allzugroßen Irrfahrten ab.

Für Kira galt dies nicht. Sie fuhr seit geraumer Zeit im Kreis. Immer um einem Ort mit dem seltsamen Namen Prora herum. An jeder Weggabelung traf sie auf Hinweisschilder. Schließlich gab sie nach, reihte sich in die Schlange der Anreisenden ein und stieg auf einem großen Parkplatz aus. Vor ihr stand ein dunkelgrauer Lindwurm aus massiven Steinquadern. *Kraft durch Freude*, diesen Satz hatte sie schon einmal gehört, konnte ihn aber nicht einordnen. Hieß die Anlage so, die auf über fünfzehn Kilometern ein offenbar unzerstörbares Fundament für sich beanspruchte? Das hatte sie im Vorübergehen auf einer der Schautafeln gelesen. Was auch immer diese neue Welle dorthin spülen würde, Freude konnte es nicht sein. Diesem Koloß fehlte die Leichtigkeit, die Transparenz der Hotels, deren Fassaden wie hübsche Gesichter auf den Betrachter herabblickten und Muster auf die Böden zeichneten, wenn die Sonne ihren Weg bis dorthin fand.

Kira gab noch nicht einmal der Kunstausstellung eine Chance, auf die eindrücklich hingewiesen wurde. Der freundliche Angestellte an der Kasse erklärte ihr den Weg nach Saßnitz, von dort wollte sie zu Fuß zum berühmten Kreidefelsen und zurück. Das sollte ein Spaziergang werden, aber sie hatte sich völlig überschätzt. Eine *»wunderbare Wanderung durch helle, lichte Buchenwälder, hoch über der Steilküste, von wo man einen herrlichen Blick auf die smaragdgrüne Ostsee hat«*, stand in dem kleinen Reiseführer, der ihrer Karte beilag. Was der Prospekt versprach, stimmte. Nur von den Schluchten, denen steile Anstiege folgten, war nicht die Rede gewesen. Kira schleppte sich von Aussichtspunkt zu Aussichtspunkt und gewann dem fantastischen Blick weniger ab, als er verdiente. *Kraft durch Freude*, der Wahlspruch schien ihr sinnloser als zuvor.

Die Kreidefelsen waren dann gar nicht so weiß, wie auf den Fotos abgebildet. Und Caspar David Friedrich hatte gut daran getan, sie auf der Leinwand festzuhalten, denn sie brachen Stück um Stück ab, wie ein Touristenführer betroffen den Umstehenden erläuterte. Und bevor sie ganz verschwanden, wollten sie alle nochmal schauen. Kira wurde von den anstürmenden Besuchern regelrecht überrollt.

Eine Liebe ist die andere wert. Kira war nach ihrem kurzen Aufenthalt auf dem Rückweg. Sie erkundigte sich, ob ein Linienbus nach Saßnitz fuhr, ansonsten würde sie ein Taxi zu rufen, als jemand ihre Schulter berührte. Sie habe ihren Rucksack stehen lassen, oben auf dem Felsen.

Fassungslos starrte sie auf den Mann. Alles, was sie in diesen Tagen brauchte, war darin verstaut. Noten, Papiere, Geld und ein ganzes Kartenspiel mitsamt dem Joker, ihrer EC-Karte. Dem herzlichen Dank folgte eine Einladung zu Kaffee und Kuchen, die Philipp, so hatte er sich vorgestellt, lächelnd annahm.

Vergessen waren ihre müden Beine. Gemeinsam gingen sie durch die hellen, lichten Buchenwälder zurück nach Saßnitz. Bis zu ihrem Auto brachte er sie, und da lud sie ihn zum Konzert am nächsten Abend ein. Dem Finder ihrer Tasche hätte sie an diesem Tag ihre Seele versprochen.

Das Schloß sah sie von weitem. Es lag wie ein großer roter Findling vor einem lichten Wald aus Buchen und Birken. Als sie näher heranfuhr, erkannte Kira Baugerüste. Sie störte sich nicht an ihnen, dachte aber an die Worte eines Freundes, der behauptet hatte, die ursprüngliche Bestimmung eines Gebäudes trete immer hervor, welche Veränderungen man dem Bauwerk auch zufügte. Es hole sich irgendwann zurück, was geplant und ausgeführt worden war. Und ihm schien, die Zweckentfremdung brächte den neuen Bewohnern kein Glück. Irgendwann müßten sie das Feld räumen, erst dann kehrte wieder Ruhe ein. Ihr aber gefiel das Hotel, das einst ein Schloß war.

Seine Zimmer waren geräumig, hatten hohe, mit rotem Damast verkleidete Wände, mit Rundbögen und Ranken liebevoll gestaltete Stuckdecken. Einem Medaillon ähnlich, sollten sie den Betrachter vor dem Einschlafen aus dem Zimmer entführen, hinein in die Träume, die beim Erwachen das Gefühl von Wärme und Wohligkeit zurückließen.

Das angrenzende Badezimmer bot alles, was Kira benötigte. Besonders die große, weite Badewanne hatte es ihr angetan. Sie flüchtete geradezu hinein, noch ehe die Reisetasche ausgepackt war. Vom anstrengenden Spaziergang hatte sie Muskelkater bekommen, und ein heißes Bad sollte Linderung bringen.

Sie lag in einem Berg aus Schaum und dachte an Philipp. Schon bereute sie, ihn eingeladen zu haben. Während einer Konzertreise brauchte sie ihre Ruhe. Es war anstrengend genug, auf fremde Menschen zu treffen. Fragen, Antworten, Namen, Geschichten. Sie war nach einem Konzert erschöpft, wollte auf ihr Zimmer, jedenfalls sehnte sie sich nach Stille. Die Musik klang noch in ihr nach und alles, was von außen kam, zerstörte diese leise Schwingung. Vielleicht kam Philipp gar nicht. In ihrem Auto lag seine Visitenkarte, Kira hatte nur einen kurzen Blick darauf geworfen. Philipp lebte, wie sie, in Hamburg. Er gefiel ihr. Die zurückhaltende Art sie anzusehen, seine Konzentration, ihr zuzuhören. Er konnte das, sie hatte es sofort wahrgenommen. Zuhören, das hatte sie fast verlernt. Meist schloß sie ihr Inneres ab und stellte ein verbindlich-freundliches Außen in den Raum. Diesem Philipp aber hatte sie schon nach wenigen Minuten den Zugang zu sich gewährt, was sie im nachhinein bedauerte. Hoffentlich kam er nicht.

Sie massierte ihre Füße. Blasen hatte sie seit ihrer Kindheit nicht mehr gehabt. Damals gab es keine Turnschuhe von der Qualität, die heute verkauft wurde. Statt die anzuziehen, hatte sie sich vor dem Fußmarsch für Sandalen entschieden, die farblich zum Kleid paßten. Ob sie je lernen würde, auf solche Äußerlichkeiten zu verzichten, wenn sie in der Öffentlichkeit war? Philipp hatte, soviel war ihr im Gedächtnis geblieben, Wanderschuhe angehabt. Damit war jeder Weg zu bewältigen.

Kira hatte gut geschlafen, gefrühstückt und sich danach auf dem Flügel eingespielt. Noch blieb genügend Zeit bis zum Konzert. Für den Nachmittag erst war die Probe angesetzt. Die Sängerin Eva Maiwald und Kira kannten sich nicht. Kira hoffte, daß es keine Probleme geben würde, sie beherrschte das Repertoire, aber man wußte nie, was schieflaufen konnte. Ihre Agentur hatte den Auftritt vermittelt. Er wurde großzügig honoriert, sie hatte sofort zugesagt. Außerdem sollte sie mit Frau Maiwald professionell zusammenarbeiten können. Eine bekannte Schubert-Interpretin. Kira hatte kurze Zeit ihre Überraschung nicht verbergen können, diesen großen Namen, dieses Aushängeschild der Klassik, mit einem Ort wie dem Schloß Sprenker in Verbindung zu sehen. Aber was hieß das schon. Kleine, feine Veranstaltungen vor ausgesuchtem Publikum seien beliebter geworden. Exklusivität sei gefragt, wie ihre Agentin versicherte. Aber Kira wußte, in Wahrheit wurde es immer schwieriger, mit anspruchsvollen Veranstaltungen die Säle zu füllen. Bange Blicke auf leere Stuhlreihen. Lapidare Ankündigungen, die keinen von dem heimischen Fernsehgerät weglockten. Sie war noch nicht zu lange auf diesem Weg. Sie konnte noch umkehren, ihr Professor hatte es ihr bereits empfohlen. Kira sah sich um, nein, Frau Maiwald sei bisher nicht eingetroffen. Die Entscheidung darüber würde sie fällen, aber nicht an diesem Tag, dafür brauchte sie das *Alte Land*, es würde ihr helfen, bot das Grün und die Weite.

Jeder der weich gepolsterten Stühle war besetzt. Am Fenster der alte, herrlich klingende Flügel, die Rosen davor. Aus dem Frühstücksraum war ein kleiner Salon geworden. Der Veranstalter hatte eilig die vergessenen Salzstreuer eingesammelt und in die angrenzende Küche gebracht. Unbemerkt von den Gästen, fuhr er die Kellner an.

Den Konzertbesuchern, vierzig, vielleicht fünfzig, war vor Beginn der Veranstaltung ein Getränk angeboten worden. Eine Geste, die erst seit kurzem wieder Einzug gehalten hatte. Sie knüpfte an die Tradition privater Salons des vorigen Jahrhunderts an und trug zur Einstimmung der Besucher bei, zumal sie im Eintrittspreis enthalten war.

Eva Maiwald war bei den Proben sehr konzentriert gewesen, dennoch setzte ihre Stimme mehrmals aus. Das würde sich bei der Aufführung geben, sagte sie etwas zu forsch. Kira zweifelte daran. Irritiert war sie auch von einer Flasche Champagner, die angebrochen auf einem silbernen Tablett am Fenster gestanden hatte und nach der Probe geleert am Boden lag. Für Kira war es von ernstem Interesse gewesen, die künstlerischen Kriterien zu erfahren, nach welchen die Sängerin ihr Programm zusammengestellt hatte, sie fand, es war in der Dramaturgie ausgewogen und sehr ansprechend. Auf ihre Frage bekam sie als Antwort nur ein Schulterzucken, Frau Maiwald hob zudem eine Augenbraue.

Die musikalische Spätsommerreise gelang ohne Zwischenfälle. Wunderbar interpretierte Eva Maiwald Schuberts *Nachtigall* und vielleicht hatte nur Kira bemerkt, daß den darauffolgenden Liedern das tragende Feuer fehlte. Es war, als hätte die Sängerin alle Kraft für dieses eine Lied aufgehoben. Da war ihr Genie, das über so viele Jahre die Menschen begeisterte. Alleine dafür hatte sich der weite Weg bis an die Ostküste Rügens gelohnt. Der Rest des Programms wurde mit professioneller Routine dargeboten und Kira freute sich wie die Gäste auf die vereinbarten Zugaben, doch nur zu einer ließ sich Frau Maiwald überreden; ihre Kraft war aufgebraucht.

Erst nach der Darbietung entdeckte sie Philipp. Nach all der Anspannung um das Gelingen des Abends war sie jetzt doch aufgekratzt und freute sich, ihn zu sehen. Sie äußerte ihm gegenüber scherzhaft den Verdacht, daß er erst nach dem Konzert in den Raum getreten sei und sich solange das Schloßrestaurant angesehen habe. Es läge sicher an den Liedern, wahrscheinlich träfe Schuberts Musik nicht seinen Geschmack.

Gute Musik, hervorragend interpretiert, ist mir immer willkommen, erwiderte er lächelnd.

Er beglückwünsche sie zu ihrem Spiel und wolle mehr von ihr hören, sie als Solistin bewundern dürfen. Wo und wann das möglich sei?

Kira lud Philipp ein, zur Nachfeier zu bleiben.

Graf Brede, der Besitzer des Schloßhotels, hatte zu einem späten Imbiß geladen. Eva Maiwald wollte nichts essen. Sie blieb an der Bar sitzen und hob ihr Glas in Richtung der Tafel. So fand das Essen ohne den Star des Abends statt und war entsprechend angespannt. Kira war es recht. Sie hoffte sich schneller verabschieden zu können, um mit Philipp allein zu sein. Eva Maiwald aber bat ihre Pianistin energisch an die Bar. Um die Situation nicht zusätzlich anzuheizen, setzte sich Kira zu ihr.

Die Sängerin trank auf alles, was sich im Raum befand. Binnen kürzester Zeit war die nächste Flasche Champagner geleert, ohne daß Kira an ihrem Glas genippt hatte. Dann orderte Eva Whisky, erklärte, das Gold in ihrer Stimme sei futsch, dafür sauge sie den Irischen Goldregen in sich auf. Frau Maiwald schien in einem schlechten Roman ganz unten angekommen zu sein.

Dir fehlt die Tiefe, Kindchen, Gott sei Dank verstehst du das nicht.

Dennoch erzählte sie Kira die Geschichte ihres Lebens, das von Illusionen getragen und von Enttäuschungen erfüllt war. Es hätte auch von Schubert handeln können. Aufstieg kommt vor dem Fall. Aber es war Evas Leben und Kira hörte ihr zu. Sie vergaß Philipp, der irgendwann verschwunden war.

Vor ihrer Zimmertür fand sie dann einen Zettel:

Sehen wir uns beim Frühstück? Philipp.

Sie heirateten in einem kleinen Hamburger Standesamt. Kiras Trauzeugin war eine erstaunlich nüchterne Eva Maiwald, ganz in Schwarz, ein Kollege in Jeans und Lederjacke bezeugte für Philipp. Eine kleine Feier beim Italiener. Danach brachten sie Eva zum Bahnhof. Sie fuhr zurück in ihre Altersstätte, die den Namen *Muse* trug und mittellosen Künstlern aller Sparten ein Heim bot. Eva Maiwald hat sie nie wiedergesehen, sie starb wenige Monate nach Kiras Hochzeit.

Philipp entwickelte, seine Frau betreffend, enormen Ehrgeiz. Er wollte Kiras Karriere vorantreiben. Zunächst sollte sie das Konservatorium beenden, dann als Solistin auftreten, alles andere würde ihr nicht gerecht. Er hatte bereits alles geplant.

Kunst hat nur Sinn, wenn sie sich gut verkauft.

Und dafür sei er der Richtige. Er verstünde weniger von Kunst, dafür umso mehr vom Marketing.

Zunächst müssen wir aus deiner äußeren Erscheinung das Optimale herausholen!

Kira wollte ihm sagen: Stopp! Philipp Stopp! Ich will mich nicht verändern, ich will keinen Erfolg um jeden Preis, ich will mich nicht verkaufen müssen. Wir sprechen von Musik, nicht von Produkten! Aber die Perspektiven, die Philipp ihr aufzeigte, waren zu verlockend. Sie überließ ihm das Management, folgte ihm zu Fotografen, nahm Pressetermine wahr und spielte doch nur vor kleinem Publikum.

Gute Pianisten gibt es wir Sand am Meer. Sie sagte es Philipp, der nichts davon hören wollte. So begann ihre erste Auseinandersetzung und viele qualvolle folgten, bis Kira das Ende ihrer musikalischen Visionen verkündete. Sie war ins *Alte Land* gefahren, hatte sich entschieden und dabei blieb es. Vielleicht war das schon im ersten Ehejahr der Anfang vom Ende ihrer Liebe. Noch keine gemeinsamen Erinnerungen, wie hätten sie da eine Zukunft haben können. Beide gestanden sich ein so frühes Scheitern ihrer Ehe jedoch nicht ein. Es vergingen zwei weitere Jahre und noch immer teilten sie die Wohnung, manchmal ihren Wunsch nach Nähe und selten, aber es kam doch vor, ein Lachen.

Der Regen über Pas du Loup hatte aufgehört. Je mehr sie über ihre gemeinsame Zeit nachdachte, desto aussichtloser schien ihre Beziehung zu werden. Kira nahm eine Jacke. Sie wollte aus dem Haus, rief Philipp zu, sie gehe zum Fluß. Er saß vor seinem Laptop, das Kreativprogramm war geladen. Er schrieb offenbar an einem Text, als sie näher kam, klappte er den Deckel herunter.

Suchst du nach dem Unwort des Jahres?

Sie bereute sofort, das gesagt zu haben, wandte sich um und lief die Auffahrt des Ferienhauses ein wenig zu schnell hinunter. Was Philipp ihr nachgerufen hatte, wollte sie nicht hören. Immer ging es beiden um ein Contra, um ein Unentschieden. Dabei war für Kira ein Remis die unerträglichste Form der Auseinandersetzung, weil keiner einen weiteren Schritt machen konnte. Dem Verzeihen geht ein Ungleichgewicht voraus, dem Mißverständnis eine fehlerhafte Auslegung der Worte des anderen. Über Kränkungen und Arroganz kann gesprochen werden. Das Gleichgewicht aber lähmt. Immer schwebt ein »Mehr war nicht zu erreichen« über den Widersachern.

Kira dachte an den leeren Briefumschlag. Er lag offen da, unschuldig und war doch nichts anderes als eine Illustration ihrer Gleichgültigkeit.

Über Stunden war Kira fortgeblieben. Seit ihrer Rückkehr dunkelte es bereits. Philipp saß im Wohnzimmer und wollte wissen, wo sie so lange gewesen sei. Noch ehe sie etwas sagen konnte, beantwortete er seine Frage selbst.

Sicherlich wartet ein Liebhaber auf dich, da unten am Fluß.

Jetzt fing das wieder an.

Aber selbstverständlich, antwortete sie. Was glaubst du denn!

Was soll ich glauben? entgegnete er.

Was immer du willst.

Kira sah, daß der Tisch gedeckt war. Philipp hatte Brot und Käse, Wein, Wasser und Trauben hingestellt. Sie setzten sich beide. Philipps Blick war nicht zu deuten. Dann fuhr er mit seinem Fragespiel fort.

Natürlich ist es ein Mann. Kein Name, der sei nicht wichtig, antwortet Kira

Seit wann?

Seit es den Fluß gibt.

Liebt er dich?

Oh ja, schließlich ist er mein Liebhaber.

Kenne ich ihn?

Wer kennt schon wen.

Was sagt er zu dir?

Wozu sollten wir reden.

Hast du Spaß dabei?

Das auch und einiges mehr.

Was ist einiges mehr?

Du willst wirklich Details hören?

Wenn er Details möchte, soll er sie haben. Aber zuvor will sie noch ein Glas Wein.

Gehe ich zum Fluß, ist er schon da. Am Ufer breitet er seinen Mantel aus, da ist Platz für uns beide. Dann küßt er mich. Wir legen die Kleidung ab, wenden uns einander zu. Er streicht mir über den Rücken, ich über seinen. Dann küßt er meinen Hals. Alle Details?

Kira erzählt plötzlich von damals. Von ihm, dem Fremden. Ihre kurze Affäre hatte Philipp nie ernsthaft überwunden. Jetzt war es kein Spiel mehr.

Aber ja! Mach nur weiter!

Er küßt meinen Hals, meine Brüste und legt mich auf den Rücken. Dann wandern seine Hände über meinen Körper.

Kira trank einen Schluck Wein. Philipp hatte den Stuhl so gedreht, daß er zum Fenster sehen konnte. Er spiegelte sich darin. Die Nacht war tiefschwarz und vom Mond war nichts zu sehen. Das Essen stand unberührt auf dem Tisch, nur die Weinflasche war fast leer. Kira schwieg, lächelte dabei, sagte nichts. Philipp forderte sie auf, zu erzählen.

Sie mag nicht mehr. Er insistiert, reizt, sagt, es wäre für ihn anregend, davon zu hören und holt eine neue Flasche.

Er öffnet sie, hebt sie an den Mund, trinkt, bis die Hälfte des Weins verschwunden ist.

Hör auf damit! schreit sie.

Du bist ein Ungeheuer, Kira. Philipp sagt es ohne Emotion.

Wieviel Last würde von mir fallen, wenn du das endlich begreifen würdest, denkt Kira.

Sie stand auf, holte ihre Handtasche und zog das Kuvert hervor. War sie bisher diejenige gewesen, die etwas verschwiegen hatte, nun kam sein Geheimnis auf den Tisch.

Ich bin gespannt, wie du mir das erklären wirst.

Wo ist der Inhalt? Weshalb öffnest du meine Briefe? Wo ist der verdammte Inhalt?

Philipp war sehr laut geworden. Sie antwortete nicht, aber was hätte sie auch dazu sagen können.

Ihre Wut gegen seine Wut. Kira trank einen Schluck. Setzen solle er sich, sein Herumgerenne mache sie verrückt. Alles, um Zeit zu gewinnen.

Dann erzähl mal, sagte Philipp. Er war ruhiger geworden.

Was es zu berichten gab, war schnell erledigt. Der Brief habe keinen Inhalt gehabt, ihr Öffnen sei ein Versehen gewesen. Dann habe sie nicht mehr daran gedacht, es sei so hektisch gewesen, wie immer vor einer Abfahrt.

Aber jetzt erklärst du mir, was das zu bedeuten hat. Wer schreibt dir? fragte Kira.

Das Kuvert lag zwischen ihnen auf dem Tisch, der einen hellbraunen warmen Farbton hatte. Es schien darauf zu schwimmen. Beide starrten auf den Umschlag, als hofften sie, er würde sich auflösen. Philipp schob ihn schließlich zur Seite, er wisse von nichts, kenne die Schrift nicht. Wenn er ihr etwas zu sagen hätte, würde er es tun, und zwar offen. Das habe er doch immer so gehalten. Im Gegensatz zu ihr sage er immer die Wahrheit.

Kira antwortete nicht. Jetzt begann das Schweigen.

Die Wahrheit, dachte sie, die Wahrheit ist immer zuerst eine Wunde. Sie zieht alles auf sich, und Schmutz und Eiter wachsen mit jedem Detail und jedem Gedanken. Die Wahrheit mußt du sagen, das haben dir als Kind vor allem jene eingetrichtert, die sie mehr fürchteten, als der Teufel das Weihwasser (glaube mir, ich hatte nichts davon gewußt). Dabei schart keiner mehr Lügen um sich, als die Wahrheit. Sie spielt sich zur Säule auf und löst doch nur Debakel aus, bringt Welten zum Einsturz und Menschen auf den Scheiterhaufen. Damals wie heute. Schon die Kleinsten kennen tausend Wege, sie zu umgehen. Mal ist sie die halbe, die nackte, mal die gnädige, die uneingeschränkte, die schonungslose Wahrheit, jene, bei der man sich helfen lassen muß – so wahr mir Gott helfe. Und wenn von ganzer Wahrheit gesprochen wird, liegt die eine Hälfte mit Sicherheit auf einem Lügenberg. True lies. In Truth or Consequences, wurde ein Ort in Nevada umbenannt, der zuvor Warm Springs hieß, bis nach Atomtests viele Krebstote zu beklagen waren. Das hatte ihr Philipp aus der Zeitung vorgelesen. Und du verlangst von mir die Wahrheit? Kira schaute ihn an. Er sah in die tiefschwarze Nacht, als suchte er nach einem Stern, der ihm den richtigen Weg weisen konnte. Du und die Wahrheit, dachte Kira, ausgerechnet du.

Wahrheit oder Konsequenz. Philipp wußte, er konnte sich nicht entscheiden. Was er wissen wollte, mußte er wissen, auch wenn er sich oft gewünscht hatte, nie von der Existenz des anderen Mannes erfahren zu haben. Von dem Verhältnis seiner Frau zu einem Fremden, über das sie dann offen mit ihm sprach. Damals ertrug er die eigene Reaktion nicht. Nicht diese persönliche Dimension, diese Schwäche. Ihre Beziehung hatte von da an eine andere Qualität. Distanzierter und doch für kurze Zeit auf eigenwillige Weise leidenschaftlicher. Wenn sie sich liebten, zog sie mit ihren Nägeln über seine Haut als könnte sie damit alle Spuren verwischen. Er schien das vermeintliche Liebesspiel zu genießen, nur manchmal, wenn sie die Nägel zu tief in seine Haut schlug, stöhnte er auf. Dann gab er sich seiner Erregung hin. Nur keinen Namen, hoffte er, sag bitte keinen anderen Namen.

Jetzt drohte das Pendel, ein Bild das Kira dann immer vor Augen stand, wieder auszuschlagen. Es hatte stillgehalten, ein lauerndes, verwaistes Ding, das jede Gelegenheit nutzen wird, sich in Bewegung zu setzen. Philipp nahm das Kuvert an sich und verließ den Raum.

Kira aß etwas Brot, dann stand auch sie auf, ging in ihr Zimmer und schloß die Tür ab. Wie an jenem Abend, als sie auf die Drogenhändler warteten. Sie setzte sich ans Piano, legte ihre Finger auf die Tastatur, betrachtete ihre Nägel. Sie wachsen zu lassen, war nicht mehr möglich, ohne ihr Spiel zu vernachlässigen. Und sie wollte spielen, an diesem Abend, an allen künftigen Tagen.

*

Die überdachte Terrasse der Farm war Margaretes Welt. Manchmal erzählte sie am Abend, sie habe Kudus gesehen, die über die Zäune gesprungen seien, als wären die Einfriedungen nicht da. Einfach so. Kaum beruhigen konnte sie sich darüber. Zäune waren das Thema beim gemeinsamen Essen, bei den wenigen Treffen mit anderen Farmern. Wenn der Polizeileutnant vorbeischaute, tat er es wegen der Zäune und selbst in den Zeitungen, die immer mittags gebracht wurden, prangten Angebote über günstige Zäune auf allen Seiten. Was nicht eingesperrt werden sollte, wurde ausgesperrt. Doppelte Zäune stehen nach Norden, erfuhr Friedrich, zwischen Palmwag und Sesfontain, weil verhindert werden sollte, daß sich ungeimpftes Vieh der Himbas mit dem der südlich weidenden Farmerherden vermischten.

Und wer wird in diesem Jahr Zaunkönig? hatte seine Frau in die Männerrunde gefragt, und bald sprachen sie von der verrückten Margarete. Als Friedrich davon erfuhr, schränkte er die Einladungen ein und nahm nach und nach selbst keine mehr an. Margarete reagierte gelassen, sie war schon früher nur selten mitgegangen und das ihr zugesprochene Prädikat quittierte sie mit einem Lächeln.

Nie äußerte sie den Wunsch, mehr über das Land zu erfahren. Nie war sie am Meer gewesen. Der Landstrich am Ozean, der Skelettküste hieß und den Greta Skedelkus nannte, interessierte sie, aber die Namib, die älteste Wüste der Erde mit ihren feindlichen 70° Celsius, die sie zu durchqueren gehabt hätte, um dorthin zu gelangen schreckte sie ab. Und überall der Dung der Kormorane und der bestialische Gestank der Millionen Seelöwen – Friedrichs Bericht hatte ihre Lust an einem Küstenausflug ohnehin gebremst. Dazu Nebel, immerzu Nebel. Aufsteigend aus dem eisigen Wasser des Ozeans, driftete er über das wüste Land und hauchte sich über den anspruchslosen Pflanzen aus.

So blieb Margarete auf der Terrasse, ließ sich manchmal Bücher aus Windhuk oder Lüderitz bringen und wartete darauf, daß sich Friedrich am Abend zu ihr setzte. Ihr Wunsch, eine Schule für die Kinder zu gründen, war bei ihm zunächst auf große Ablehnung gestoßen. Er konnte es ihr letztlich nicht abschlagen. Sie sollte ihre Schule haben. Ein runder Bau aus zusammengebundenen Ästen wurde erstellt. Innen stand ein Tisch, zwölf Stühle aus

Zaunholz umstanden ihn. Für Margarete wurde ein massiver Holzstuhl aus dem Haus dazugestellt.

Der kleine Bau war die meiste Zeit verwaist, denn der Unterricht fand fast immer unter einem Baum statt, dem einzigen auf dem ganzen Anwesen, der genügend Schatten für alle spendete. Dort lernte die kleine Gruppe und steckte die Köpfe zusammen. Wenn er mit seinen Arbeitern auf die Felder fuhr, hörte Friedrich manchmal das helle Lachen von Margarete. Da war sie wieder, seine kleine Freundin aus früheren Tagen.

Wer nur hatte die Schule angezündet, die Schule und die Farm?

Du hast keine Chance, wenn alle gegen dich sind, aber alles ist möglich, wenn du die Unterstützung annimmst, die sie dir bieten. Friedrich hatte die unsichtbare Kraft unterschätzt, den Corpsgeist, den Farmergeist, wie auch immer das genannt werden mochte. Unsinn sei das, hatte er seinem Vater entgegnet, als der ihn wieder und wieder vor Alleingängen warnte. Den anderen gehe es immer nur um Geld und so wie die Farm dastehe, sei genügend Substanz vorhanden, es mit eigener Kraft zu schaffen, oder etwa nicht? Sein Vater hatte nichts darauf erwidert.

Friedrich sah die anderen Farmer vor sich. Bei den meisten lief die Lebenslinie über die Gesäßtasche, nur bei wenigen über das Herz. Er spürte es auf der Haut, wenn sie ihm zur Begrüßung die Hand gaben. Rau und breit waren die Hände derer, die anpackten, schwitzten und schufteten. Deren Arbeiter blieben auf den Farmen, zogen am gleichen Strang, sahen den Herrn auf dem Feld und achteten ihn.

Die gepflegten, flinken Hände gehörten den anderen. Sie waren gefürchtet, aber nicht respektiert. Und immer auf der Hut. Friedrich hielt sich an keinen. Er nahm ihre Nachbarschaft als notwendiges Übel, suchte keine Freundschaften, schon gar nicht nach den Äußerungen über seine Frau. Die gesellschaftlichen Ereignisse, die sie abhielten, seien ein Schaulaufen kleiner Geister mit großen Gebärden, hatte Margarete geäußert. Sie sprach bei solchen Gelegenheiten auch von den anderen Deutschen, von denen, die nicht dazu gehört hatten, die nicht in Reihen gestanden und die Arme gehoben hatten.

Friedrichs Vater widersprach ihr vehement. Das wenigste sei, wie es aussähe. Er könne beschwören, in den 30er Jahren seien bei solchen Zusammenkünften Gelder gesammelt und transferiert worden, die nicht, wie offiziell verlautbart, für den Bau von Hospitälern verwandt worden seien. Er jedoch wollte nichts mehr davon hören. Nichts von dem, was vor, was während oder was nach dem Krieg gewesen war.

Friedrich kannte keinen unpolitischeren Mensch als seinen Vater und wunderte sich über dessen Erregung. Sein Vater war als junger Mann nach Namibia ausgewandert, wurde aber weder Afrikaner, noch blieb er Deutscher. Heimat sei bodenlos und der Himmel sei das Los der Heimat, pflegte er zu sagen. Also gehöre er keinem Land an und auch keiner Religion. Er war immer so konsequent. Greta, Friedrichs Kinderfrau sprach manchmal davon. Sie nannte ihn den Weißen Löwen. Als er älter wurde, überließ er die Aufsicht der Farm den Vorarbeitern und, weil sich das so eingespielt hatte, ließ es Friedrich später dabei. Sein Vater zog sich nach und nach zurück, ging nur noch selten hinaus auf die Weiden, um wie ein Arbeiter die Zäune zu prüfen, und übertrug zuletzt nur noch die Zahlen aus den Verkäufen in die Bücher. Völlig unspektakulär hatte er dann alles auf Friedrich überschrieben. Ein Handschlag beim Notar in Windhuk. Drei Unterschriften, auf die ein Löschpapier gedrückt wurde. Friedrich war Farmbesitzer geworden, ohne es richtig wahrzunehmen.

Alles war wie zuvor. Fast alles, denn Friedrichs Vater steckte sein Kapital nicht mehr in die Farm, sondern finanzierte damit seine Reisen. Früher war immer Geld da. Waren nach einem schlechten Jahr die Mittel knapp geworden, wurde es einfach von Konten in Südafrika nach Windhuk transferiert. Friedrich fehlten diese stillen Reserven und oft wußte er nicht, wie er Saatgut und Futter bezahlen sollte. Sein Vater dagegen zog durch die Welt oder traf sich mit seinem Freund Claude.

Claude war Friedrich in lebhafter Erinnerung. Er rechnete nach. Als Claude starb, mußte er jünger gewesen sein, als er selbst es jetzt war. Friedrich dachte daran, daß

Claudes sehnlichster Wunsch sich nicht erfüllt hatte, und er nicht im Kampf fallen durfte, wie er es nach zwei Flaschen Whisky jedes Mal prophezeite. Das Leben ist trivial: Claude verschwand einfach in der Wüste und tauchte nie wieder auf.

Und noch etwas machte Friedrich nachdenklich, als er an Claude dachte. So fröhlich dessen Besuche abliefen, so bitter war das, was seiner oft überstürzten Abreise folgte. Denn Claude kam auch immer dann auf ihre Farm, wenn er, wie so oft, eine der unzähligen Ehefrauen oder Freundinnen verlassen hatte. Zu allem Überfluß fanden sich die unglücklichen Frauen kurze Zeit später bei Friedrichs Vater ein, um sich gründlich auszuweinen.

Greta bereite so immer auch das Damenzimmer vor, wenn Claude unvermittelt auftauchte. Sie war die einzige Frau, vor der er Respekt hatte und die einzige, von der er sich etwas sagen ließ. Sie schmolz nicht dahin, wenn er bis spät in der Nacht von seinen Söldner-Abenteuern erzählte. Friedrich liebte die Geschichten und wollte dabeisitzen, aber Greta holte den Jungen weg. Sie verbot ihm, diesen, wie sie es nannte, Angebereien zuzuhören. Friedrich sollte ein guter Mann werden und das war in Gretas Augen keiner, der mit Waffen klirrte und keiner, um den die Frauen weinten.

Friedrich war überzeugt, es hing mit diesen bedauernswerten Geschöpfen zusammen, daß sein Vater nie wieder heiratete. Er zuckte schon zusammen, wenn sich wieder

Besuch ankündigte und überließ es irgendwann Greta ganz, sich jener Frauen anzunehmen. Frauen und Unglück waren für ihn untrennbar verbunden und beides wollte er nicht länger als irgend nötig in seinem Haus wissen. Aber nie schickte er eine von ihnen fort. Sie durften bleiben, bis die Augen so trocken waren wie das Land.

Auch an Claude hielt er fest. Die beiden verband etwas, das Greta den verfluchten goldenen Faden nannte. Denn Claude war zuverlässig da, wenn er gerufen wurde. Er erledigte anstehende Aufträge schnell und sicher, und beriet Friedrichs Vater in allen Geldgeschäften. So kam es auch zum Kauf des Hauses in Pas de Loup. Claude stammte aus der Gegend und riet Friedrichs Vater dringend, sich – für den Fall der Fälle – dort ein Haus zu kaufen. Für ein paar Francs, für ein Nichts. Der Fall der Fälle. Darunter verstand Claude politische Veränderungen, die er neben seinem eigenen Tod, unablässig prognostizierte. Seine Weltsicht war von der Idee revolutionärer Zustände bestimmt. Selbst die Trennungen von seinen Frauen ordnete er darin ein.

Friedrich dachte zuviel über die Vergangenheit nach. Er schüttelte den Kopf. Wollte er damit die Zukunft verlängern? Schon sah er sich als mümmelnden Alten, der im Heim saß und über die Tischkante strich. Warum taten die Alten das? Um reinen Tisch zu machen? Hatte er das nötig? Seine Frau ist nicht glücklich geworden, das mußte er sich vorwerfen. Aber war er schuld? Hatte er diesen Wettkampf angefangen? Jetzt war es Zeit, ihr das Essen zu bringen. Er bereitete wie immer einen Haferbrei zu. Es war gleichgültig, was sie nicht aß.

*

Philipp sah mitgenommen aus. Er hatte dunkle Ringe unter den Augen und trotz der Bräune eine fahle Gesichtsfarbe. Als er auf die Terrasse trat, nahm er eine Hand vor die Augen, um sich vor dem Sonnenlicht zu schützen. Er sagte nichts und stellte keine Fragen. Dabei hätte ihm Kira an diesem frühen Morgen alles erzählt und sie hätte es gerne getan. Er stand da und sein Gesicht hatte diesen Ausdruck von Härte, wie immer, wenn er wütend oder verletzt war. Es hätte an ihr gelegen, herauszufinden, was an diesem Morgen dahintersteckte. Stattdessen wandte sie sich ab und nahm ein Notenheft zur Hand. *Requiem*, von Wolfgang Amadeus Mozart, Klavierauszug.

Philipp verschwand im Bad.

Sie machten es falsch. Sie machten es beide falsch. Wie damals, als er sie im Krankenhaus besucht hat. Kira konnte nicht sprechen. Und sie erstickte schon seine erste Frage mit einer Handbewegung, als handle es sich um ein Feuer. Ein Ungeborenes zu verlieren ist keine Krankheit. Sie war keine Patientin. Ein Tumor, eine Zyste, die Entfernung der Gebärmutter, das hätte sie dazu gemacht. Da hätte sie sprechen können, nachdem alles vorüber war. Für das, was mit ihr geschehen ist, gab es keine Worte. Weder an diesem Ort, noch an einem anderen.

Philipp sagte, als er sie zwei Tage später abgeholte, gut, daß du wieder gesund bist. Damals reagierte sie nicht darauf. Ihr fiel nur die kleine Spinne am Rückspiegel ihres Autos auf. Der Fahrtwind hatte das feine Netz, das sich von der Ummantelung des Spiegels bis zur Gummierung des Seitenfensters hinzog, erneut zerstört. Das kleine Tier hockte in einer Ritze hinter dem Spiegel und schützte sich. War alles still, webte es wieder, unermüdlich.

Kira legte die Noten zurück. Sie suchte Philipp, schlug ihm einen Ausflug in die Berge vor, und er stimmte zu.

Zunächst ging es durch eine hügelige Landschaft. Die Wiesen trugen das verbrannte Gras des Sommers, am Straßenrand aber standen kleine Ginsterbüsche, einige gelb und leuchtend, andere schon vor Trockenheit starrend. Sie alle waren Opfer des Staubes, der von Crossmaschinen aufgewirbelt wurde, die Philipps Wagen mit einem Höllenlärm überholten. Dann wieder jagten die Motorräder querfeldein die Hänge hoch und kamen mit Riesensprüngen auf die Straße zurück. Manches ihrer Manöver war so riskant, daß Philipp den Saab eins ums andere Mal zum Stehen bringen mußte. Kira schimpfte über die Rücksichtslosigkeit dieser Rowdys. Philipp reagierte gelassener, sprach von Freiheit, und Kira bemerkte erstaunt seinen wehmütigen Blick, als er mir den Augen einer Maschine den Hügel hinauffolgte. Er vergaß, auf die Straße zu achten. Kira hielt ihn an, sich zu konzentrieren und Philipp bog bei nächster Gelegenheit ab, ohne zu wissen, wohin der Weg führen würde.

Sie landeten in einem Städtchen namens Ceret und entdeckten, versteckt in einer Gasse, ein kleines Museum. Zur Überraschung beider waren dort Vasen und Skulpturen berühmter Künstler ausgestellt. Auch von Dali und Picasso.

Die Alarmanlage lenkte von den Exponaten ab. Kabel und Drähte hingen kunterbunt im Raum und entlang der Wand. Philipp hatte nie zuvor ähnlich unzureichende Sicherungsvorkehrungen gesehen, wie hier. Man könne ja das ganze Museum ausräumen, ohne daß einer etwas merke, flüsterte er Kira zu. Sie deutete auf einen dunkelblauen Teller mit goldenem Rand, den Picasso mit breitem Strich signiert hatte. Den hätte sie gern. Ob er ihn nicht für sie mitnehmen könne? Wie auf Zuruf stand die Leiterin des Museums vor ihnen.

Im Gespräch erfuhr Kira, daß Ceret einen Hochburg bildender Künstler gewesen war. Das Licht hier sei grandios, dazu gebe es eine Luft wie Samt und Seide. Die Maler-Karawane hätte diese Gegend eine zeitlang bevölkert, Hof gehalten und sei dann wieder verschwunden.

Die Schönheit hatten sie mitgenommen oder übermalt, denn nichts von der Stimmung, die einst geherrscht haben mußte, trafen Philip und Kira in diesem Ort noch an. Sie fuhren zurück in die Berge, nahmen eine enge, kurvenreiche Straße, die hinter jeder Biegung direkt in eine der Grotten zu führen drohte und sich nur wie zufällig wieder für den Weg unter freiem Himmel zu entscheiden schien. Es ging von einem Tunnel zum nächsten. Darüber stiegen die Berge bis auf fast 3000 Meter an. Die wenigen Bewohner der kleinen Dörfer, die ihnen an der Route National begegneten, schienen das Gebirge als einzige Stein gewordene Last zu sehen. Ihre Gesichter waren abweisend, die der Tiere teilnahmslos.

Vielleicht sind wir ganz einfach mit dem falschen Autokennzeichen unterwegs? überlegte Kira, aber Philipp war anderer Ansicht. Sie könne ihm glauben, ganz im Gegenteil. Inzwischen fuhren sie auf die monumentale Befestigungsanlage von Carcassonne zu.

Geschichte, dozierte Philipp, ist immer da, wo die Römer waren oder Karl der Große. Hier regierten Kaiser. Sie hielten an, besuchten Altstadt, Citě, und den Befestigungsring.

Über 700 Jahre und fast ohne sichtbare Schrammen, Philipp war begeistert.

Innerer Ring, äußerer Ring. Kira folgte ihm, als er die Mauern abschritt. Pfeilschnelle kleine Eidechsen flohen über die Steine. Manche blieben erstarrt stehen, hoben den zierlichen Schlangenkopf und lauschten in die Sonne, als könnten sie deren Flüstern hören. Dann verschwanden sie in den Ritzen der Mauer und tauchten an anderer Stelle wieder auf. Sie hatten in Wahrheit nur wieder Besitz von dem ergriffen, was ihnen gehörte. Schließlich waren es ihre Steine, ihre Verstecke, die zu Mauern aufgetürmt worden waren. Ihr archaisches Gedächtnis reichte bis in die Unendlichkeit.

Philipp spielte den Feldherrn, stellte sich auf einen Vorsprung und rief Kira zu, in seinem Reich ginge die Sonne niemals unter und damit es so bliebe, werde er kämpfen, notfalls bis zum bitteren Ende. Dabei focht er gegen mehrere imaginäre Ritter und hieb wie wild durch die Luft, laut für Ehre und Vaterland rufend.

Kira lachte.

Ah, der Gegner wird schwach. Philipp sprang von der Mauer und ging auf Kira zu.

Hab ich Euch endlich bezwungen, edle Feindin?

Kira schaute über das weite, flache Land mit seiner weißen Erde.

Philipps Don Quichotterien wurde von anderen Besuchern teils mit Wohlwollen, teils mit Kopfschütteln bedacht. Kira war es peinlich. Sie wollte weiter, Philipp noch nicht. Er suchte nach einem schattigen Restaurant, fand auch bald eins, eng an die Mauer gedrückt, im inneren Ring. Er war erhitzt und stichelte, das seien Zeiten gewesen, als die Männer die Geschicke lenkten und Frauen sich danach verzehrten, von ihrem Held erhört zu werden. Männer, die in Stiefeln sterben! Kira stöhnte auf.

Philipp sah einer Tischnachbarin zu, die ihr Getränk

durch einen Strohhalm zog und dabei die Augen genüßlich geschlossen hielt. Als sie aufschaute und Philipp ihr zuprostete, rief Kira nach dem Garçon und stand gleich nach dem Bezahlen auf. Philipp reagierte nicht und blieb sitzen. Kira ging vorsichtig über das Kopfsteinpflaster, sah sich nicht um, ging weiter entlang der Mauern, und wäre nicht sein Rufen gewesen, sie hätte die Stadt verlassen, das Land, wäre ohne ihn zurückgekehrt, und in diesem Moment wäre es die richtige Entscheidung gewesen. Als er sie eingeholt hatte – sie war nur kurz stehengeblieben – war wieder dieser Spott in seinen Augen. Kira wollte jetzt keine Diskussion. Sie wünsche zurückzufahren, möglichst über Landstraßen. Nichts war Kira so zuwider, wie im Auto zu streiten. Ohne die Möglichkeit auszuweichen.

Philipp fuhr den Wagen, sie durchquerten das vor den Toren Carcassonnes liegende Städtchen Verzeille, ließen den Ort Pech hinter sich, wechselten dann auf die Schnellstraße, weil – so Philipp – sie sonst an diesem Tag Pas du Loup nicht mehr erreichen würden. Kira sah Steine, Berge und Ödnis. Wer wollte hier schon leben? Wer konnte hier leben? Vielleicht ein paar Nachfahren versprengter katalanischer Widerstandskämpfer, die vor den anrückenden Sarazenen flüchteten. Die Felswände wehrten Neues ab und ließen Altes nicht los. In einem der Dörfer hielten sie an, kauften Brot und Käse.

Kira zog es nach Hause, doch Philipp wollte noch zu

dem Platz oberhalb des Orts, der sie mit einem Blick auf den Pic du Canigou belohnen würde, der an diesem Tag seine fast 2800 Meter Höhe wolkenlos in den Himmel hob. Der Ladeninhaber hatte den Aussichtspunkt empfohlen.

Was dann folgte, war selbst für geübte Autofahrer eine halsbrecherische Aufgabe. Schmalste Straßen führten in Serpentinen über das Bergmassiv. Ihre Ränder waren kaum befestigt, und steile Abhänge lagen auf der einen, tropfnasse Felswände auf der anderen Seite. Philipp hielt, entgegen seiner sonstigen Gewohnheit, das Steuer mit beiden Händen fest.

Ungläubig starrte Kira den Mann an, der ihnen in diesem felsigen Ödland mitten auf der Straße entgegenlief. Er fuchtelte mit den Armen, schrie *Büs, Büs!* Noch bevor Philipp überlegen konnte, ob nun gleich ein Monstrum auf ihn zuschießen würde, oder ob es sich um einen Überfall handeln könnte, tauchte ein Bus hinter der nächsten Kurve auf. Beide Fahrzeuge hielten an. Philipp und der Busfahrer stiegen aus und beratschlagten, zusammen mit dem Reiseführer, der die Warnrufe ausgestoßen hatte, was zu tun sei. Es blieb keine Wahl, der Saab mußte zurücksetzen. Kira solle das Steuer übernehmen und bis zur weiter unten gelegenen Felsgruppe lenken. Dort befand sich eine Ausweichstelle. Philipp dirigierte sie mit ausladenden Gesten. Als würde Kira den Bus den Berg hinunterlokken, bewegten sich die Fahrzeuge langsam den Hang abwärts.

Am Ausweichpunkt mußte Kira näher und näher an den Fels heran, als an einem Vorsprung der Außenspiegel von Philipps Saab hängen blieb und zersplitterte. Der Bus fuhr vorbei. Die Gruppe Jugendlicher, die sich an den Seitenfenstern die Nase plattdrückten, winkten Kira freudig zu. Gleich darauf war das Fahrzeug verschwunden.

Philipp begutachtete den Schaden. Der Außenspiegel baumelte an der Karosserie, hing an einem letzten Kabel fest. Er zog seine Jacke aus, schmiß sie zu Boden und riß den Spiegel in einem Zug ab.

Er sagte nichts, er schaute nur.

Kira hob Philipps Jacke vom Boden und legte sie auf den Deckel des Kofferraums, nahm dann ihren Rucksack und eine Strickweste aus dem Auto und ließ ihn wortlos stehen. Dieses Mal reagierte sie nicht auf sein Rufen. Die Straße abwärts. Sie kam schnell voran, sah sich nicht um, noch nicht einmal nach den nächsten Kurven. Irgendwann würde er kommen. Aber sie wußte nicht, wie dann ihre Reaktion ausfallen würde. So wütend war sie, so enttäuscht. Aber er kam nicht. Kira hörte weder das Geräusch des Motors, noch sah sie seinen Wagen. Erst einmal weiter, ein Stück noch, sich den Zorn aus dem Leib rennen.

Nach fast einer Stunde war Philipp noch immer nicht aufgetaucht. Sie habe nicht bedacht, daß er sich erst austoben und dann eine Stelle zum Wenden finden mußte, bevor er ihr nachfahren konnte, beruhigte sie sich. Kira setzte sich auf einen umgestürzten Baumstamm. Jetzt war sie bereit, bei ihm einzusteigen. Es wurde kühler, feuchter, schien bald dunkel zu werden, sie mußte weiter oder wieder zurück, wollte nicht die Nacht im Wald verbringen müssen. Und sie hatte Durst. Ein kleiner Bach floß etwas unterhalb der Straße. Weil sie Sorge hatte, nicht zur Stelle zu sein, wenn Philipp kam, zog sie Zweige und einen kleinen Stamm auf die Straße. Um ganz sicher zu sein, nahm sie ihre Weste, die in ihrer hellgelben Farbe auch in der Dämmerung gut zu erkennen war und warf sie darüber. Sie entnahm ihrem Rucksack die leere Contrex-Flasche, rannte den kleinen Abhang zum Bach hinab und füllte schnell den Behälter. Die Aktion mochte keine fünf Minuten gedauert haben, dennoch war sie so aufgeregt, daß ihr die Knie zitterten, als sie zur Straße zurückkehrte. Ehe sie die Barriere beseitigte, trank sie ausgiebig und hatte das Gefühl noch nie ein so wunderbares Getränk genossen zu haben.

Nicht lange danach hörte sie ein Geräusch und sah kurz darauf Scheinwerfer. Philipp hielt. Wortlos stieg sie ein, bot ihm die Flasche an. Er schüttelte nur den Kopf, fragte nichts, sagte nichts. Die ganze Fahrt nur Schweigen.

Sie parkten den Wagen in der Garage. Das Tor stand weit offen. Philipp suchte nach dem Hausschlüssel, als er laut aufschrie.

Meine Jacke! Und der Schlüssel ist in der Jackentasche.

Er klopfte sich ab, als ob er den Schlüsselbund unter der Haut tragen würde.

Was ist denn mit deiner Jacke? Kira fragte es leise.

Aber sie wußte, die Jacke war weg. Philipp mußte sie in seinem Zorn einfach vergessen haben. Als er losgefahren war, lag sie auf dem Deckel des Kofferraums und jetzt lag sie irgendwo. Vielleicht dort, wo sie den Unfall hatten.

Sie könnte überall heruntergefallen sein.

Zurück, die ganze Strecke und hoffen, daß sie sie fänden.

Auch das sei ihre Schuld, fauchte Philipp. Ihretwegen war sein Auto kaputt und ihretwegen hatte er seine Jacke verloren.

Was rennst du auch davon, wie ein trotziges Kind.

Kira antwortete nicht. Sie hatte ihren Entschluß gefaßt. Am anderen Tag würde sie eine Bahnverbindung erfragen und nach Hamburg zurückkehren. Das war alles, was sie dachte. Seine Beschimpfungen tangierten sie nicht, sie tat, als würde sie angestrengt den Weg absuchen, obwohl der Unfallort noch nicht erreicht war.

Sie fanden die Stelle nicht. Nach jeder Kurve standen die Bäume so gerade wie in der vorigen, die Felsen glichen einander, wie ein Ei dem anderen. Um irgendwelche Splitter zu sehen, war es zu dunkel, es war überhaupt zu dunkel, um außerhalb des Scheinwerferlichtes etwas zu sehen. Der Verlust der Jacke ließe sich verschmerzen, aber Philipp hatte seine Papiere darin und was das Schlimmste war: den Schlüssel des Ferienhauses.

Was machen wir jetzt? fragte Philipp.

Ich weiß nicht, antwortete Kira.

Aber sie sprachen miteinander und suchten bis weit nach Mitternacht. Ohne Erfolg. Zu dieser Zeit und in dieser Gegend nach einem Hotel oder einer Pension Ausschau zu halten, war sinnlos. Sie mußten warten, bis es wieder hell genug sein würde, die Suche fortzusetzen. Es blieb ihnen nur, die Nacht im Auto zu verbringen. Sie fanden eine ebene Fläche neben der Straße und entschieden, dort zu übernachten. Philipp ging zum Bach, füllte die Flasche noch einmal, sie tranken wortlos, warteten auf den Morgen, hofften, jeder für sich, daß die Jacke zu finden sein würde.

Kira lag auf der Rückbank, Philipp blieb auf dem Fahrersitz. Er hatte ihn etwas nach hinten gestellt, so gut es eben ging versuchten beide, das unbequeme Nachtlager zu nutzen. Nur wenige Stunden Ruhe. Aber die Sorgen schienen Gestalt anzunehmen. Kira wischte mit dem Arm die beschlagenen Scheiben ab. Die Nacht hatte den Vorhang vor alles geschoben, was draußen vor sich ging. Sie hörte nur das leise Murmeln des Baches. Philipp war zu beneiden. Er schlief aller Widrigkeiten zum trotz. Bald atmete er ruhig und regelmäßig. Es machte sie wütend und hilflos. Immer ließ er sie allein.

Der Morgen schob sich blaß zwischen die Bäume. Es gab nur wenig Licht, gerade so viel, daß sie die Uhr erkennen konnte. Kira weckte Philipp, der sie erstaunt ansah und eine geraume Zeit brauchte, sich zu orientieren. Früher hatte sie sich auf den Moment seines Aufwachens gefreut, weil er lächelte, wenn er die Augen aufschlug und sie ansah. Aber irgendwann hatten sie getrennte Schlafzimmer bezogen. Das Lächeln war zu einem leeren Raum dazwischen geworden, den keiner mehr bewohnte.

Sie stiegen aus dem Auto, wuschen sich am Bach und fuhren dann los. Inzwischen war es hell genug, um die Straßenränder abzusuchen. Solange Kira wachlag, hatte sie kein anderes Auto gehört oder gesehen. Auch am Morgen war kein anderer Wagen vorbeigekommen. Vermutlich lag die Strecke zu abseits und die wenigen Ausflügler mochten zu dieser frühen Morgenstunde noch nicht unterwegs sein. Das erhöhte die Aussicht, das verlorene Kleidungsstück unbeschadet wiederzufinden. Philipp steuerte den Wagen, Kira suchte entlang des Wegs.

Das brauche sie noch nicht, der Unfall sei weiter oben geschehen. Philipp erinnerte sich an einen, an die Felsen gesprühten, separatistischen Schriftzug. Da entdeckte Kira ihre gestrige Wegmarkierung. Der Baumstamm und die Zweige. Sie mußten unterhalb der Unfallstelle sein. Kira sagte es Philipp mit aufgeregter Stimme.

Dann schone deine Augen bis wir da sind.

Kira warf ihm einen Blick zu, wollte den Grad seines

Spottes einordnen. Vielleicht war es auch kein Spott, sondern nur ehrlich gemeint, ein Hinweis. Das zu unterscheiden hatte sie längst aufgegeben.

Der Wald war warm und hell, weil die Morgensonne ihr Licht durch die Blätter in den Waldboden grub. An jedem anderen Tag hätte Kira dieses Schauspiel fasziniert. Selten waren die Strahlen der Sonne so gebündelt und greifbar, so intensiv zu sehen. Doch die Sorge verminderte die Naturschönheit zum Nichts, zum störenden Schauspiel. Die Sorge an diesem Morgen war ein Korsett, das den Blick zu Boden zwang, gleichgültig wie die Chancen standen. Sie fuhren schweigend.

Die Suche, dachte Kira, ähnelt unserer Ehe. Irgendwo sind die Gefühle füreinander verlorengegangen. Wir hoffen, reden aber nicht, unterstellen die Schuld dem jeweilig anderen und wissen so wenig voneinander, wie von diesem Wald. Uns fehlt die Orientierung, wir haben keine Fixpunkte mehr, wissen nicht, wie es weitergehen soll und was wir tun werden. Tränen liefen ihr die Wangen herunter, sie putzte die Nase. Philipp sagte, sie hätte eben aufpassen müssen, ihr Weinen nutzte jetzt auch nichts mehr.

Sie suchten zu Fuß, fuhren dann langsam weiter, krochen im Schrittempo den Berg hinauf. Irgendwann überholte sie ein landwirtschaftliches Fahrzeug, Autos kamen entgegen und fuhren schnell weiter. Zweimal legten sie die Strecke auf diese Art zurück, es war vergeblich. Die Jacke war weg.

Philipps Ausweis, seine Geldbörse, die Kreditkarten und der Hausschlüssel – er war ihnen von Friedrich wie ein Staatsschatz anvertraut worden –, der Verlust wurde Kira erst nach und nach bewußt. Wie sollten sie in das Haus kommen? Wie sollten sie es verriegeln, wenn sie abfuhren? Konnte sie Philipp in dem ganzen Desaster allein zurücklassen? Vielleicht sogar die beste Lösung, dachte sie und stellte sich schlafend.

Sie machte die Augen erst wieder auf, als Philipp sie anstieß. Er hatte telefoniert, weil er den Verlust seiner Kreditkarten anzeigen mußte. Die Prozedur lief an, fremde Leute kümmerten sich darum. Auch im *Hôtel de Ville*. Dort war die Polizei untergebracht. Die Verlustanzeige über Papiere, Ausweis und Schlüssel wurde erstellt. Die höfliche Beamtin nahm auf, was sie mußte, hatte aber ansonsten keinen hilfreichen Tip. Pech eben. Sie sollten in ein paar Tagen wieder anfragen, vielleicht gab es ja einen ehrlichen Finder. Die Polizistin breitete die Arme aus: Qu'elle grande misère!

Als sie wieder in Pas de Loup ankamen, war es kurz nach ein Uhr am Nachmittag. Sie hatten seit gestern Abend nichts mehr gegessen und dennoch verspürten sie keinen Hunger.

Und? Wie kommen wir jetzt ins Haus?

Philipp stellte die Frage rhetorisch. Sie mußten einbrechen, es gab keine andere Lösung. Die geschlossenen Fensterläden waren ebenso wenig zu überwinden, wie die

Haustür aus Eiche. Das Fenster des Bads war, wie das der Küche, vergittert. Es blieb also nur die Terrassentür. Philipp suchte zwei Holzlatten, die Kira unter den hochgestemmten Rollladen klemmte. Die Flügeltür war nun frei zugänglich, der Schlüssel steckte innen. Philipp suchte nach Werkzeug und fand unter dem Ersatzrad des Saab einen Schraubenzieher. Wenn er ihn in das Schloß treiben könnte, gab es den Türgriff frei, erklärte er Kira. Ihren Vorschlag, die Scheibe einzuschlagen, lehnte er vehement ab. Er suchte nach einer Möglichkeit, das Problem ohne größeren Schaden zu beheben, drückte die Spitze des Schraubenziehers in die Öffnung des Schließzylinders und schlug mit einem Stein auf sein Einbrecherwerkzeug.

Philipps Plan schien aufzugehen. Der Schraubenzieher drang in den Schließzylinder ein. Aber der Türknauf ließ sich nicht drehen und solange dies nicht gelingen würde, hielten die Zapfen der Arretierung die Tür an Decke und Boden fest. Philipp hämmerte sanft und mit einer Ausdauer, die Kira ihm nicht zugetraut hätte. Das Schloß schien schon völlig zerfetzt, aber der Türgriff blieb unverändert waagerecht. Philipp schwitzte. Nach stundenlanger Arbeit in der sengenden Hitze waren sie dem Innern des Hauses kein Stück näher gekommen. Dann bewegte sich ein Stift, der Knauf machte eine Vierteldrehung und die obere Arretierung sprang auf. Jetzt hätte er mit Vorsicht ans Werk gehen müssen, doch Philipp schlug immer heftiger zu. Holz im Innern splitterte, die

Tür sprang auf. Sie hatte keinen Schaden genommen, aber die Arretierung des Bodens war herausgerissen. Philipp betrachtete das Schloß. Zu seinem Erstaunen war es innen nicht beschädigt. Es ließ sich mit dem Schlüssel öffnen und wieder verschließen, ein Sicherheitsschloß. Für eine Terrassentür! Philipp drehte den Knauf, der untere Zapfen verschwand im Türfutter. Kira trat in den Raum. Betrachtete den Schaden. Der Bodenbelag sah übel aus, die erste Diele war gesplittert, die zweite hatte einen unübersehbaren Kratzer. Sie würden das ausbessern müssen.

Nur nicht an diesem Tag. Philipp trank zunächst Wasser, dann Wein. Er war zufrieden damit, so weit gekommen zu sein. Seine Frau und er waren zu Komplizen geworden und dieses gemeinsame Band, so hoffte er, würde sie diesen und die kommenden Stürme überstehen und die vergangenen Streitigkeiten für eine Weile vergessen lassen. Er redete und trank in einem fort und war schließlich so betrunken, daß er verschwand, ohne das Essen, das Kira zubereitet hatte, angerührt zu haben. Kira fror. Sie gönnte Philipp den Erfolg. Aber sie spürte, wie das beschworene Band mehr und mehr zu einer Kette wurde.

Als Philipp gegangen war, warf sie die wärmende Decke zur Seite, stellte die Gläser in die Küche und versuchte den glänzenden, hart gewordenen Käse in das Papier zu rollen. An diesem Abend wollte sie nicht mehr nachdenken, verstaute das Essen im Kühlschrank und setzte sich auf den Dielenboden, das gesplitterte Holz wie ein Puzzle betrachtend. Sie begann, die gesprungenen Teile aneinander zu schieben, suchte nach einer Lösung, sah bald ein, daß nichts mehr zu machen sei. Vorsichtig, um sich nicht zu verletzen, entfernte sie Späne und Splitter, als aus den Ritzen kleine erdfarbene Käfer hervorwuselten. Sie hatte sie aus ihrem Versteck aufgeschreckt. Kira öffnete die Terrassentür und schob einige mit einem Besen hinaus. Sie steuerten sofort wieder das Dunkel an, aber Kira schnitt ihnen den Weg ab. Sie trieb sie immer weiter über die Terrasse und hatte nach und nach alle verscheucht. Dennoch wollte sie sicher gehen, daß über Nacht keine Invasion bevorstand. Sie holte die Taschenlampe, hob das gelockerte Dielenbrett empor und leuchtete darunter.

Das Licht traf auf braunes Papier, Packpapier. Kira dachte, es müsse Dämmmaterial sein, rüttelte ein wenig daran. Es war ein schweres, hartes Papier. Sie schob vorsichtig die Hand hinunter, leuchtete wieder, riß ein Stück heraus. Als sie dann den Lichtstrahl auf das richtete, was darunter zum Vorschein kam, fiel ihr vor Schreck die Lampe aus der Hand. Schnell und atemlos hob sie sie auf. In Philipps Zimmer blieb alles ruhig. Sie stand da und mußte nur knien, um an all das zu kommen, was sie schon kurz unter dem Lichtstrahl gesehen hatte: Es war – Gold. In diesem Haus war Gold versteckt.

Schnell nahm Kira die Decke und warf sie über die freigelegte Stelle. Einen Barren hatte sie an sich genommen, war zur Stehlampe gegangen. Auf dem, an den Kanten abgerundeten, rechteckigen Stück war ein Stempel zu erkennen: *100 gr*, darunter eine ovale, undeutliche Prägung und wiederum darunter standen die Ziffern 999,9. Deutlich war ein Name zu lesen: *NM Rothschild & Sons* und auf der Rückseite *Samuel Montagu, London* sowie weitere Zeichen, die Kira nicht entziffern konnte.

Grundgütiger! Was ist das?

Kira sagte es leise. Ihr stockte der Atem. Sie mußte sich setzen, Luft holen, stillhalten.

Was mache ich jetzt?

Kira verspürte Übelkeit. Aber schon war sie wieder aufgesprungen, warf die Decke zurück holte Barren um Barren aus ihrem Versteck. Sie zählte insgesamt 300 Stück. Um die letzten, die sie hervorgezogen hatte, war ein Zettel gewickelt, der die Menge bestätigte. Sie hatte alle gefunden! Oder lagen unter dem Boden noch weitere?

Immer wieder schlich sie an Philipps Zimmertür, lauschte. Gepeinigt von der Angst, er könne ihren lauten Herzschlag hören, oder spüren, daß sie zitternd vor seiner Tür stand. Wenn er jetzt aufwachte, das wußte sie, würde die gemeinsame Kette golden und ließe sich nie mehr lösen.

Sie pulte liegend mit einem Messer unter den Brettern, fand aber keine weiteren Barren mehr. Ihr Verstand arbeitete auf Hochtouren. Sie setzte die abgehobene Diele wieder ein, wickelte die Barren in das Packpapier, holte ihre Reisetasche und füllte so viele hinein, wie sie tragen konnte. Dann wieder zurück. Als sie alle in ihrem Zimmer hatte, stapelte sie sie sorgfältig in einer Ecke des Kleiderschrankes aufeinander, stellte ihren Koffer davor und warf getragene Wäsche darüber. Kira dachte nur daran, das Gold zu verstecken. Alles weitere würde sie am anderen Tag entscheiden.

Es war lange nach Mitternacht. Kira trank Wein. Sie versuchte ihr Herz zu beruhigen. Ihr wurde erst jetzt bewußt, daß sie in keinem Moment daran gedacht hatte, Philipp zu wecken. Wenn er aufgewacht wäre, hätte sie ihn zu ihrem Komplizen machen müssen. Doch je länger sie überlegte, desto mehr Zweifel überkamen sie, ob Philipp ihr Vorgehen mitgetragen hätte, aber auch, ob sie es würde alleine tragen können. Es war schließlich Friedrichs und Margaretes Besitztum. Aber warum hatten sie es hier unter den Dielen versteckt, wo sie doch jeden Pfennig zweimal umdrehen mussten? Sie dachte an die dürftige Wohnungseinrichtung, an das rostige Auto.

Überhaupt, woher kam das Gold? Wem gehörte es? Natürlich Friedrich und Margarete, wem sonst? Claude? Kira klammerte sich an diesen Namen. Claude! Er hatte das Haus besorgt, hatte es Friedrichs Vater aufgedrängt, sie erinnerte sich an Philipps Worte. Ein Versteck, das keiner mit ihm in Verbindung bringen konnte! Natürlich, Claude, das war die einzige vernünftige Erklärung. Er mußte das

Gold versteckt haben, ohne daß die anderen davon etwas wußten. Und es war unrechtmäßig in seinen Besitz gelangt, sonst hätte er es nicht vergraben müssen. Dann war es nur gerecht, wenn sie es nahm, denn es gehörte keinem mehr! Claude war doch tot, oder? In ihrer Verwirrung war Kira nur eines klar: Claude mußte längst tot sein, und ihr würde das Gold eine Zukunft ermöglichen.

Obwohl Kira nicht bekannt war, welchen Wert die Barren darstellten, hatte sie Vorstellungen. Und darin war Gold etwas Unermeßliches, Wahrhaftes. Es würde sie also reich machen, und in dieser Nacht hatte sie unter keinen Umständen vor, den Schatz mit jemanden zu teilen und schon gar nicht, ihn wieder zurückzugeben. Sie hatte ihn gefunden, wie man keltische Goldmünzen auf einem Acker findet. Er gehörte ihr. Wieder war der Herzschlag rasend, ihr Gesicht glühte.

Obwohl sie kaum geschlafen hatte, kniete sie schon bei Sonnenaufgang vor dem Kleiderschrank. Eine Assel hatte sich im Packpapier verkrochen und floh hilflos in Kiras Wäsche. Voller Ekel schüttelte sie alle Stücke aus, fand das Ungeziefer aber nicht. Aber sie konnte sich damit nicht aufhalten, denn würde Philipp kommen, wollte sie das Gold so verstaut wissen, daß er es bei einem zufälligen Blick in ihren Schrank auf keinen Fall entdecken könnte. Sie war sicher, er hatte keinen Grund, in ihren Sachen zu wühlen, das hatte er noch nie getan. Vermutlich, dachte Kira. Erst mußte sie das Gold verstecken und dann von hier verschwinden. Daß sie abfahren würde, stand fest. Mehr denn je. Einen Schritt nach dem anderen. Was danach kommen würde, wußte sie nicht.

Philipp schien zu schlafen. Ihr blieb noch eine Weile, sich über ihr weiteres Vorgehen in Ruhe Gedanken machen zu können. Was wäre, wenn Philipp doch etwas bemerkt hätte? Vielleicht war er wach geworden und hatte sie beobachtet, würde abwarten, ob sie ihm von ihrem sensationellen Fund berichtete. Da sie das nicht vorhatte, könnte es doch sein, daß er bei einer sich bietenden Gelegenheit das Gold an sich nahm und es fortbrachte. Oder er belauerte sie, ließ sie in sicherem Glauben und schlug zu, wenn sie sich sicher wähnte. Absurd!

Sie setzte sich im Schneidersitz ans Fenster um die Yogaübungen zu machen, die sie von einer Professorin gelernt hatte, um vor Auftritten Ruhe und Konzentration zu finden. Aber das Zusammentreffen mit Philipp an diesem Morgen würde schlimmer werden, als jeder Auftritt. Wie nur sollte sie Philipp täuschen. Er durchschaute sie bereits, wenn sie auch nur in aller Harmlosigkeit flunkerte. Er kannte sich aus mit Manipulationen, war darin Meister seines Fachs. Er würde sofort bemerken, daß etwas geschehen war, daß sie bis ins Innerste aufwühlte. Sie suchte nach einer Lösung. Die Yogaübungen konnte sie vergessen, ihre Gedanken wuselten wie die Assel im Kleiderschrank, ohne Orientierung. Sie konnte nur hoffen, daß kein Licht darauffiel.

Ohne zu Frühstücken fuhr Philipp ab. Er wollte in einen Baumarkt, maß schweigend die Dielenbretter ab und nahm einige Splitter als Farbmuster mit. Er beachtete Kira gar nicht, schien wie immer, mürrisch und obendrein gestreßt, weil er das ganze Ausmaß der Zerstörung bei Tageslicht betrachtet hatte. Zwei Dielen waren beschädigt und mußten erneuert werden. Das Problem würde sein, Material zu finden, das er einfügen konnte, ohne daß der Austausch sichtbar würde. Und der Hausschlüssel war weg. Das war ein ernstes Problem.

Philipp schlug vor, gleich nach den Reparaturarbeiten erneut bei der Polizei nachzufragen, vielleicht hatte inzwischen jemand die Jacke abgegeben.

Und die Strecke könnten wir nochmals abfahren.

Kira nickte zu allem. Ihre Gedanken waren weit entfernt, sie brauchte die ganze Konzentration, um nicht mit ihnen davonzufliegen. Dennoch beobachtete sie ihren Mann genau, und sah er sie an, suchte sie in seinen Augen nach dem Gold.

Weil sie das Haus nicht verschließen konnten, fuhr Philipp allein. Kira war erleichtert. Sie mußte endlich ihren Fund versorgen und machte sich auf die Suche nach einem geeigneten Behältnis. Viel Platz war nicht nötig, aber das Gold war schwer. In der Abstellkammer fand sie einen unbenutzten Werkzeugkasten. Bei ihrer Abreise würde sie die Barren auf ihre Koffer und die Taschen verteilen. Für jetzt war er ihr Tresor. Kira schob den Kasten unter ihr Bett.

Philipp kam überraschend schnell wieder zurück. Er hatte das passende Material gefunden und war bester Laune. Sie arbeiteten gemeinsam. Zunächst tauschte Philipp das Schloß aus. Die Zapfen der Arretierung funktionierten ohne Einschränkung. Dann ging es an den Boden. Er bemerkte oder kommentierte nicht, daß das Brett von ihr gehoben worden war, wunderte sich auch nicht über den darunter liegenden Hohlraum. Hoffentlich hatte sie keinen Barren übersehen. Sicher war sich Kira nicht. Warum hatte er so gute Laune? Sie verschwand in ihrem Zimmer, sah nach dem Versteck. Zur Sicherheit faltete sie einen Zettel klein, klemmte ihn in die geschlossene Zimmertür. So würde sie gleich bemerken, wenn sie von jemandem – von Philipp – geöffnet worden war.

Nach einigen Stunden war der Schaden behoben. Kira rieb zum Schluß die von Philipp mit Geschick Stufe um Stufe dunkler gebeizten Dielen mit Wachs ein – auch daran hatte er beim Einkauf gedacht – und alles sah aus wie zuvor. Gemeinsam kochten sie Spaghetti, rührten die Tomatensoße und aßen im Terrassenzimmer. Die Blicke wanderten vom Boden zur Tür und sie waren zufrieden mit ihrem Werk. Philipp, weil er sein handwerkliches Geschick so gekonnt unter Beweis gestellt hatte, Kira, weil alle Spuren, die auf sie hätten verweisen können, getilgt worden waren. So wollte sie es sehen und einige Stunden gelang ihr das.

Die Polizistin zuckte mit der Schulter. Nichts von einer Jacke, also auch kein Schlüssel und keine Kreditkarten. Noch immer in einem Boot, aneinandergekettet von solchen Widrigkeiten, fuhren sie ins Haus zurück. Kira verschwand in ihrem Zimmer, schloß ab. Sie mußte weg, aber wie sollte das gelingen?

Philipp half. Er klopfte an, sagte, daß so alles keinen Sinn habe, ohne Hausschlüssel könnten sie Pas du Loup nicht verlassen und es bliebe nichts übrig, als Friedrich zu informieren. Kira konnte ihn nicht davon abbringen. Das Telefonat wurde geführt, und Friedrich kündigte sich für die nächsten Tage an. Philipp versuchte ihn davon zu überzeugen, daß er den Schlüssel doch per Post senden könnte, aber Friedrich wollte sich ein Bild vom Schaden machen. Außerdem sei es ihm zu gefährlich, seinen Hausschlüssel unbeobachtet durch die Welt zu schicken. Er würde in zwei, drei Tagen eintreffen. Sich in seinen alten Audi setzen und versuchen, die Strecke von Hamburg bis nach Pas du Loup in kürzester Zeit zu bewältigen.

Kira und Philipp säuberten das Haus, rieben den gesamten Boden mit Wachs ein. Es war kein Unterschied mehr zu erkennen. Nochmals übermalten sie mit weißer Farbe kleinste Kratzer auf der Türe und warteten ansonsten auf der Terrasse darauf, daß Friedrichs Auto die Auffahrt hochkommen würde. Mehr war nicht zu tun.

Kira aber war in Panik. Friedrich würde nach dem Gold sehen, davon war sie überzeugt. Natürlich hatte er davon gewußt. Er würde bemerken, daß es nicht mehr an seinem Platz lag, und klar war auch, daß er sie beide verdächtigen würde. Alles andere war undenkbar. Kira lief in ihrem Zimmer auf und ab, eine Lösung schien es nicht zu geben, es sei denn, sie händigte Friedrich das Gold aus. Oder sie stritt ab, es gefunden zu haben. Philipp wäre auf ihrer Seite. Er wäre ihr Zeuge. Aber was für eine Situation! Nein, das kam nicht in Frage. Aber es war die einzige Chance, das Gold zu behalten. Alles auf eine Karte.

*

Friedrich war am späten Vormittag gefahren, hatte zuvor der jungen Krankenpflegerin, die sich während seiner Abwesenheit um Margarete kümmern sollte, genaue Anweisungen gegeben. Seine Frau bliebe auch zum Essen in ihrem Zimmer, sie sollte servieren und sich dann zurückziehen, aber in keinem Fall weggehen. Die Wohnung stehe ihr in seiner Abwesenheit zur Verfügung. Würde er längere Zeit fern bleiben, müsse man weitersehen.

Ich möchte mich auf sie verlassen können.

Aber ja, hatte sie geantwortet. Später, als er abgefahren war und sie das Essen servierte hatte, dachte sie, daß dieser komische Kauz eher Aufsicht bräuchte als die nette Frau, die sich so freundlich mit ihr unterhielt. Es wäre ihr seltsam vorgekommen, auf die Bitte Margaretes, sie nachts alleinzulassen, nicht einzugehen. Sie hatte genügend Erfahrung, um das zu beurteilen. Männer wie Herrn Fellbrügge kannte sie zur genüge. Überempfindlich, lebensfern und, das war das richtige Wort: altbacken. Es war ihr recht, nicht ständig präsent sein zu müssen, schließlich hatte sie eine eigene Familie. Sie würde auch nur die Stunden für ihre Tätigkeit abrechnen, die sie da war. Nie würde sie den Mann betrügen, sie arbeitete und ließ nichts auf sich kommen. Und es war ihr ernst damit.

Die lange Reise lag Friedrich schwer im Magen. Er durfte Margarete nicht allein lassen, aber was sollte er tun? Er mußte nach Pas du Loup. Er würde jetzt endgültig den Verlust des Schlüssels und die Beschädigungen an Tür und Boden zum Anlaß nehmen und einen Makler aus der Gegend mit dem Verkauf des Anwesens beauftragen. Jahrelang hatte er gezögert, Margaretes Drängen nachgegeben und das Haus behalten. Jetzt war der richtige Zeitpunkt, zu verkaufen. Friedrich hatte Angst, daß die Ereignisse nur die Vorboten des endgültigen Zerfalls seines Besitzes waren.

Er dachte mit Unbehagen an Margarete. Sollte er ihr vom Verkauf berichten? Er fürchtete ihre Reaktion und hatte wirklich alles getan, was ihm möglich war. Selbst der Arzt, den er gerade wieder geholt hatte, konnte keine körperlichen Ursachen für Margaretes Schweigen ausmachen. Es müssen die Hormone sein, hatte er gesagt und ein Rezept ausgestellt. Mehr könne er nicht tun. Etwas Geduld und Verständnis, nach einiger Zeit regle das der Körper von alleine und sie beide würden einen friedvollen Lebensabend zusammen verbringen. Einen Lebensabend! So friedvoll wie die vergangenen zwei Jahrzehnte? Margarete war verstummt, als das Hausmädchen Greta starb, nicht schon nach dem Brand, das hatte er nach und nach begriffen. Aber woher rührte der Schock? Sie hatten schon Jahre in Hamburg gelebt und waren erst dort von einem der wenigen Bekannten aus Afrika telefonisch davon unterrichtet worden, daß es Greta sehr schlecht ginge. Margarete flog mit der nächsten Maschine nach Namibia und kam verändert zurück. Er war irritiert. Greta war eine Schwarze, freundlich, wie alle dort. Nichts zeichnete sie besonders aus, schon gar nicht eine besondere Nähe zu Margarete. Greta nahm Margaretes Anweisungen entgegen und führte sie aus. Arbeitete tüchtig, mehr wurde von ihr auch nicht erwartet. In was hatte sich Margarete da hineingesteigert? Hätte er doch für mehr Kontakt zu den anderen Farmerfrauen gesorgt!

Friedrich steuerte einen Rastplatz an.

Trotz drängender Zeit hatte er sich vor der Abreise einen genauen Plan erstellt. Alle drei Stunden würde er einen Halt einlegen, Wasser trinken, mindestens einen halben Liter, gymnastische Übungen machen und ein Stück Traubenzucker essen. Dieses Ritual hielt er bei all seinen Reisen strikt ein. Es war ein Überbleibsel aus der Zeit, als er die Zäune abschritt und sich zu Pausen gezwungen hatte, auch wenn er nicht müde oder durstig war. Die

Vernunft und die Hitze hatten ihn dazu genötigt, und das sollte auch jetzt sein Verhalten bestimmen, obwohl es nicht heiß war und der Sommer Deutschland längst verlassen hatte.

Je weiter er in den Süden kam, desto farbiger wurden die Bilder, die an ihm vorbeiflogen. Bunt gefärbte Büsche und Wälder, dazwischen noch immer sattes Grün. Deutschland im Herbst, dachte er, war die Malschule Gottes. Über eine kurze Strecke sah er eine Eibe nach der anderen. *Kiek mol an – dat is wat besünnees – wunnerbar ist dat!* hätte sein Vater, der alte Wilhelm gesagt, der besonders diese Bäumen in Afrika vermißt hatte. Sie wahrten das Geheimnis des ewigen Lebens, hatte er ihm erzählt, und daß sich keiner sicher sei, welche der Mächte da ihre Finger im Spiel hatten.

Er fuhr weiter, würde, sofern ihn keine Staus zu längeren Pausen zwangen, gegen Abend die französische Grenze erreichen.

Margarete führte ständig Selbstgespräche. Immer und immer fiel dabei Gretas Name, als galten die Worte ihr. Auch wenn er nicht lauschte, war es in der Wohnung nicht zu überhören. Greta, Greta. Sie hatte sich ein Bild von dieser Schwarzen aufgebaut, das Friedrich erdrückte. Die Schwarzen arbeiteten gut, aber es kam zu keinem persönlichen Kontakt. Beide Seiten wollten und suchten ihn nicht. Friedrich dachte an die Worte des Aufsehers, der immer gesagt hatte, *die Weißen und die Schwarzen, das ist wie der Tag und die Nacht und die Dämmerung ist deren Kind und das weiß nicht, wohin es gehört, zeitlebens.*

Greta wußte wohin sie gehörte. Sie war das Hausmädchen und war überall dabei. Das hatte sich zwangsläufig so ergeben. Und sein Vater hat sie, als beide noch jünger gewesen waren, in sein Zimmer geholt. Das wollte er nicht bewerten, auch jetzt nicht, Friedrich war zu weit vom alten Herrn Wilhelm entfernt, damals wie heute. Daß sein Vater sie ausgepeitscht haben soll, um sich ihrer Verschwiegenheit zu vergewissern, hielt er für ein Gerücht. Wie vieles andere. Was Greta auch immer gewußt haben mochte, sie hätte sich nie gegen den alten Herrn Wilhelm gestellt. Selbst wenn sie ausgezeichnet Deutsch sprach. Außerdem hätte es sie einfach nicht interessiert. Oft war sich Friedrich nicht sicher gewesen, ob Gretas Verhalten Arroganz oder Gleichgültigkeit ausdrückte. Vermutlich von beidem etwas.

Friedrich fuhr sich über das Gesicht. Jetzt beschäftigte er sich schon fast so intensiv mit Greta wie seine Frau. Vielleicht hatte sich Margarete eingebildet, in ihr eine Freundin gehabt zu haben oder eine Mutter oder eine Schwester oder alles zusammen. Dabei war er doch immer für Margarete dagewesen, bis zum heutigen Tag. Ja, er war ein guter Ehemann. Der Arzt hatte recht, er hat sich nichts vorzuwerfen.

Er würde ohne ihr Wissen das Haus verkaufen. Erst nach dem Tod seines Vaters hatte er überhaupt von dessen Existenz erfahren. Was wußte er von seinem Vater. Nichts, weniger als seine Frau Margarete. Nur ihr hatte der alte Herr Wilhelm von dem Haus in Pas du Loup erzählt. Die beiden hatten doch außerhalb der gemeinsamen Mahlzeiten keine Zeit miteinander verbracht? Sein Vater schätzte Margarete, aber stand er ihr nahe? Seltsam, es war sein Vater, der die Heirat entschieden vorangetrieben hatte. Der alte Herr Wilhelm, wie er ihn nannte, sein toter Vater. »Herr Wilhelm« hatte er ihn genannt, von Kindesbeinen an. Zum »alten Herrn Wilhelm« wurde er in späteren Jahren und so war es geblieben, bis er starb. Der Alte und Margarete. Dieser Gedanke war abwegig. Wenn er es sich so überlegte, hatte sein Vater vermutlich einfach vergessen, auch ihm zu erzählen, daß er dieses Haus in Frankreich besaß. So wie er vieles vergessen hatte, als er älter wurde.

Friedrich erschrak bei diesem Gedanken, er begann zu vergleichen. War es nicht so, daß auch er kaum noch ohne seine Notizen auskam? Telefonnummern oder Namen, verschwanden auf unerklärliche Weise, es war, als blättere er in einem Buch, das immer mehr weiße Seiten bekam. Nur frühe Geschichten schienen unauslöschlich, Begebenheiten, die Jahrzehnte zurücklagen. Aber für die junge Zeit, für das Heute, fand sich keine Schrift, die nicht verblaßte. War es, weil er die Eindrücke nicht mehr brauchte, weil längst andere Erfahrungen ihren Platz eingenommen hatten oder war es schon der eigene Verfall?

Noch wenige Kilometer bis zur französischen Grenze. Er suchte nach einer kleinen Pension, fand sie in einem Dorf, rief in Hamburg an, es meldete sich die junge Krankenschwester, die ihm versicherte, alles sei in Ordnung, seine Frau habe sich bereits schlafengelegt, sonst gebe es nichts zu berichten.

Friedrich aß das, was er sich am Morgen bereitgelegt hatte, trank sein Wasser, studierte die Landkarte und zeichnete sich die Pausen ein, die er am anderen Tag machen würde. An Margarete und Greta wollte er heute nicht mehr denken. Sie hatten ihn schon auf der Fahrt beunruhigt, mehr, als er es ihnen erlauben wollte. Alles hatte seine Zeit und jetzt war es Zeit zum Schlafen.

Am Morgen stand er zeitig auf. Er fuhr zügig, aber offenbar nicht schnell genug, die anderen Autofahrer hupten oft wütend, wenn sie ihn überholten. Um die Kosten für die Maut zu sparen, fuhr er weite Strecken auf den Nationalstraßen, so lange, bis er es über hatte, sich den Beschimpfungen der anderen auszusetzen. Sein Tempo erschien ihm nicht langsamer als das der anderen, weder im Auto noch im alltäglichen Ablauf. Nicht er war langsamer geworden, die anderen wurden schneller. Selbst das kleinste Gefährt schoß ohne Mühe an ihm vorbei. Stand er an der Kasse des Lebensmittelmarktes, huschten die Kassiererinnen mit dem Scanner über den Strichcode und jagten die Einkäufe über das Band, daß er jedes Mal nervös wurde, wenn er einen solchen Laden auch nur betrat.

In Buchhandlungen, im Baumarkt war es nicht anders. Sogar die Blumen der Gärtnereien steckten in Folien, die mit einem Code versehen waren. Eine Plauderei mit dem Personal war weder erwünscht noch möglich. Wenn er es sich recht überlegte, wußte er noch nicht einmal, ob die Frau an der Kasse jung oder alt war, ob sie einen grünen oder einen blauen Kittel trug. Die Hetze löste eine Traurigkeit in ihm aus, die nichts mit Nostalgie zu tun hatte: Es war die Trauer über den Verlust einer menschlichen Geste, die die Anonymität erträglich gemacht hätte.

Er ließ zwei Pausen aus, die Nähe zu Pas du Loup trieb ihn zur Eile an. Was ihn dort erwartete? Er hoffte, das Haus während seines Aufenthaltes verkaufen zu können, Margarete würde es verstehen; vielleicht wollte sie auch gar nichts darüber hören. Das nahm er an und es beruhigte ihn.

Die letzten Kilometer führten an Felsen entlang, sein Wagen war für diese Serpentinen nicht gebaut und nur mit äußerster Vorsicht gelang es ihm, ohne Schrammen das letzte Stück der Fahrt zu bewältigen. Nichts hatte sich geändert. Der Nachbarort sah aus wie immer, staubig, klein, dunkle Türen an den Häusern und in der Kurve die drei alten Männer, die immer dort standen. Für einen Moment lächelte er, sah sich in deren Mitte.

Als er die Auffahrt hochfuhr, standen da Philipp und Kira. Kira erschien ihm sehr blaß.

*

Mein Mann ist endlich aus dem Haus gegangen. Alle Tage saß er wie ein Wächter vor meiner Tür. Aber Greta kam trotzdem. Sie läßt sich eben von keinem aufhalten, wenn es um ihr kleines Mädchen geht. Immer ist sie bei mir, Friedrich zum Trotz. Er hat geglaubt, wenn sie nicht in das Flugzeug einsteigt, kommt sie nicht mit. Aber er hat sich getäuscht, wie so oft. Ich schreibe mir auf, wenn er sich täuscht und wenn er Recht behält. Zwei Hefte habe ich dafür. Das eine ist bis fast zur letzten Seite beschrieben, das andere noch fast leer. Greta hat mir viel von ihm erzählt, und ich glaube, was sie sagt. Sie kennt alle. Meine Eltern, den alten Herrn Wilhelm, Claude, den Filou – und natürlich Friedrich, meinen Mann. Ihn hat sie großgezogen, sie allein, weil seine Mutter Alma starb, als er vier Jahre alt war. Greta hat ihn gestillt und seine ersten Schreie gehört. Aber die seien schwach gewesen, zu leise für Namibia. Dort zeigt der Mensch laut, daß er lebt. Und da, so hat Greta mir erzählt, hätte sie gewußt, Friedrich würde kein Löwe, kein Ongeyama, werden. Aber, sagte sie, das ist gut für dich, Kindchen. Löwen gibt es schon zu viele. So ist Friedrich Wächter geworden. Er hat seine Aufgabe sehr ernstgenommen, die Farm ist trotzdem abgebrannt. Greta sagte, Friedrich hat kein Gift in sich. Das hatte sein Vater schon aufgebraucht, für den Rest der Familie. Daß der alte Herr Wilhelm Gift in sich trug, hätte sie sofort gesehen, als er zum ersten Mal über den Hof der Farm schritt. Jeden Stein hat er mit seinen groben Schuhen weggefegt, alle duckten sich dabei, aus Angst, getroffen zu werden. Das ist nicht gut, sagte Greta, der Fuß muß den Boden spüren, den Durst, den Hunger und die Wege der Tiere. Er muß der Erde gehorchen und nicht dem Stiefel, der auf sie tritt. Der alte Herr Wilhelm hat nichts davon verstanden, hieß den Verwalter, die Leute vortreten zu lassen, und gab ihnen die Namen, die sie künftig führen sollten. Ihr Name, ihr getöteter Name sei Kalituma, was aber nicht bedeute, daß ihn die Sonne nicht gekannt hatte.

Greta mochte ihren neuen Namen dennoch, ganz besonders, wie ihn die anderen aussprachen: Gwreta. Auch ich nenne sie so, noch immer, ganz besonders hier in Hamburg. Wir reden nicht mit Friedrich, weil es nichts zu sagen gibt. Er weiß so wenig über sein Leben zu erzählen. Der Wächter, der die Zäune hütete, dem der Fluchtreflex fehlt und dem dafür der Duckreflex gegeben wurde.

Sein Vater hatte ihn als jungen Mann nach Deutschland geschickt, damals, nach dem Krieg, um sie als seine künftige Frau nach Namibia zu holen. Und der alte Wilhelm hatte gute Gründe dafür. Welche es waren, wußten alle auf der Farm, außer Friedrich.

Greta, Greta. Sie hatte mir Angst eingeflößt, als ich sie zum ersten Mal sah, gehörige Angst. Sie war so groß wie ein Mann und so dick, daß sie das kleine Zimmer fast ausfüllte, in das sie mich brachte. Ihr Gesicht dunkel und glänzend wie das Klavier bei meinen Tanten, die weißen Zähne ähnelten, wenn sie lachte, den Tasten aus Elfenbein, die sie zu nutzen wußte, denn ihre singende Sprache hatte ungefähr den Tonumfang vom tiefen bis zum hohen C. Mein Name Margarete klang wie ein Lied, wenn Greta ihn rief. Mar-ga-re-te sang sie durchs Haus, über die Zäune, bis in den tiefschwarzen nächtlichen Himmel und am Tag in die weiße Sonne. Dafür liebte und liebe ich sie bis in den heutigen Tag. Mar-ga-re-te singt sie auch jetzt noch, hier in Hamburg. Nur ich allein kann es hören. Wie damals glaube ich noch heute, sie sei mein Eigentum. Greta ist so fröhlich und ohne Sorgen, als hätte sie nie eine Vergangenheit gehabt. Ich grüble mehr über sie nach, als sie selbst es tut. Sie sagt, in Afrika mußt du dir jeden Tag neu erobern, jeder Tag ist ein ganzes Leben. Was du von ihm zurückgelassen hast, holen die Elefanten, die sind größer als du. Und dann singt oder summt sie, das ist ihre ganze Wahrheit, ihre Gegenwart und ihre Zukunft.

Friedrich ist zwölf Jahre älter als ich und er war es, als ich nach Namibia kam. So ein junges Ding, fast noch ein Kind, empörte sich Greta und wiegt mich im Arm. Ich horche dann auf die Hitze, denn wenn ich ganz still bin, kann ich ihr Klagen hören. Ich klage nie. Wenn ich Gedanken nachhänge, dann ist es, weil ich mich frage, wann meine Eltern zur Tür hereinkommen. Es gab kein danach. Meine Eltern und Greta. Das ist meine ganze Geschichte. Mein Mann will mir einfach nicht glauben. Aber jetzt ist er fort, und endlich bin ich mit meiner schönen schwarzen Greta allein. Eine Frau sperrt am

Morgen die Wohnung auf und stellt Brot und Tee auf den Tisch, weil es Friedrich so wollte. Aber ich habe ihr verboten, noch einmal zu kommen. Wir brauchen keinen. Greta kocht für mich und sie ist es auch, die mich wäscht. Und jetzt, wo wir allein sind, kann sie mir endlich auch alle Geschichten von Namibia erzählen, denn dort war ich und dann auch wieder nicht. Manchmal bringe ich alles durcheinander. Nur Greta schafft es, meine Gedanken zur Ruhe zu bringen.

So ein junges Ding, damit fängt sie ihre Geschichte immer an. In einem hellen Mantel wäre ich dagestanden, dazu Handschuhe und an den Füßen glänzende Lackstiefelchen, so etwas hatte sie noch nie gesehen, und an dieser Stelle klatscht sie immer in die Hände. Die Haut so hell wie das Weiß in den Augen. Gleich sei sie gerannt, um den dunklen Schirm vom alten Herrn Wilhelm zu holen, damit mir auf dem Weg vom Auto in das Haus nichts passiere. Und dann hat man mich dem jungen Friedrich zur Frau gegeben. Nie und nimmer hätte sie das erlaubt, wenn sie meine Mutter gewesen wäre. Hier hatte ich immer betont, daß meine Mutter bald kommen würde und dieser Spuk dann ein Ende hätte.

Daran erinnere ich mich. An alles andere auch, aber Greta fährt fort, zu erzählen, nicht ohne mich ganz fest an sich zu drücken.

Das ganze Unheil, Kindchen, begann vor deiner Zeit in Namibia. Den Franzosen trifft viel Schuld, da hilft kein donderbui. Monsieur Claude, den du nie kennengelernt hast und der irgendwann spurlos in der Namib verschwand, vielleicht auch an der Skedelkus, denn die holt alle Vögel der Nacht und treibt ihre Seelen in das Wasser.

Dabei war er ein Mann, schön wie aus Elfenbein, und das wußte er. Andere Männer mochten ihn, weil er mit ihnen Geschäfte machte, bei denen Geld zu verdienen war, und die Frauen mochten ihn, weil er mit ihnen machte, was sich kein anderer getraut hätte. Er war ein Wilderer, nahm sich, was ihm nicht zustand. Ach, Kindchen, die vielen Frauen, die ihm nachgereist sind und nicht begreifen wollten, daß im Elfenbein kein Platz für ein Herz ist. Der alte Herr Wilhelm hatte auch keinen Platz für ein Herz, stattdessen lag ein leeres Gefäß in seiner Brust, das er füllen wollte. Monsieur Claude und er saßen an vielen Abenden auf der Terrasse, tranken Whisky, den Claude mitgebracht hatte und redeten und redeten. Vieles habe ich nicht verstanden, es ging um den großen Krieg in Deutschland und um Menschen, die vor den Bomben aus den Städten flohen. Monsieur Claude brachte Zeitungen aus England mit, darin Fotos, so grauenvoll, daß ich die Blätter gleich verbrannte und die Asche hinter dem Zaun vergrub. Der alte Herr Wilhelm hatte nichts dagegen, auch er mochte diese Bilder nicht sehen.

Wenn sie auf der Terrasse saßen, mußte ich unter der

Tür stehen, um nachzuschenken oder die Insekten zu vertreiben, oder einfach nur, weil sie jemanden brauchten, den sie umherjagen konnten. Oft genug hielt ich mir die Ohren zu, weil sie über Dinge sprachen, die mir Bauchschmerzen machten. Aber noch mehr ärgerte ich mich darüber, daß ihnen das gar nichts ausmachte. Ich habe mir nach und nach angewöhnt dazustehen, ohne etwas von dem, was sie erzählten, zu hören. Nur einmal, da ging es um dich, Kindchen, habe ich meine Ohren wieder aufgemacht. Der alte Herr Wilhelm sprach, von einem kleinen Mädchen, von Mar-ga-re-te. Da hörte ich zum ersten Mal deinen Namen, lang bevor du zu uns kamst, und dachte, du müßtest meine kleine Schwester sein.

Greta beendet ihre Geschichte immer, wenn sie die kleine Schwester erwähnt. Sie muß dann Tränenströme vergießen und braucht die ganze Schürze, um sie zu trocknen. Aber ich bettele und schmeichle, befehle und drohe und schließlich fährt sie fort, nicht ohne ängstlich zur Tür zu schauen.

Da war also das kleine Mädchen mit Namen Margarete, inmitten der Bomben, und ich weinte schon an dieser Stelle um dich und habe seither nicht mehr damit aufgehört. Wieder fuhr sie sich mit der Schürze über das Gesicht.

Der alte Herr Wilhelm erzählte Monsieur Claude, wie ihn ein Freund zu Beginn des Krieges um Hilfe gebeten hatte. Wie hätte ich damals wissen sollen, daß dieser Freund dein Vater war, Margarete, wie hätte ich das wissen sollen. Deine Familie war vom Krieg gefangen, aber du warst aufs Land geschickt worden, zu Tanten, zwei alten Damen, die gut und gerne 160 Jahre in ihre Zöpfe geflochten hatten.

Und an dieser Stelle sage ich immer, nach Malente, und Greta wiederholt, ja, Malente, sie haben dich nach Malente geschickt. Und davor hat dein Vater den alten Herrn Wilhelm gebeten, sich um dich zu kümmern, sollte ihm und seiner Frau etwas zustoßen, und großer Gott …

Greta flüstert mir dann zu, daß der alte Herr Wilhelm Claude beim Arm gepackt und gesagt hat, das Mädchen sei jetzt allein bei diesen Tanten und für sie sei gesorgt.

Greta weint immer, wenn sie das erzählt, holte dann tief Luft und wird zornig, was ihre Tränen versiegen läßt.

Für sie sei gesorgt! Ich hatte ja keine Ahnung, was sie damit meinten. Und dann sprach der alte Herr Wilhelm von einem Pferd, das man dem Mädchen mitgegeben habe, ein Pferd aus Holz.

Nach Malente, sage ich und Greta sagt, ein Pferd aus Holz mit einem Zettel im hohlen Bein. Auf dem stünde alles. Damit sei das Mädchen für immer versorgt.

Monsieur Claude fluchte, merde, merde, ein Pferd! Das wird schwierig. Weißt du was es ist? Steine? Schmuck? Und der alte Herr Wilhelm schüttelte zweimal den Kopf und sagte dann leise flüsternd: Gold.

*

Friedrich begrüßte zuerst Kira, dann Philipp.

Schön, daß du da bist, sagte Philipp. Es tut mir leid, aber es ist ein ziemliches Mißgeschick. Du weißt ja schon.

Friedrich nickte, sagte, alles sei halb so schlimm und jetzt wolle er sich ein Bild von der Sache machen. Aus seinem Gesicht war nichts abzulesen.

Friedrich ging auf die massive Haustür zu, drehte den Schlüssel. Die Tür sprang auf. Philipp legte einen Arm um Kira und sagte:

Damit ist dein Fehler endgültig behoben.

Sie drehte sich weg und dachte: Wie Philipp die Welt gewichtet.

Nichts fokussiert den Blick mehr als die Angst. Sie grenzt alles aus, zieht ihre Linie, zieht sie enger und enger. Kira gab es in diesem Augenblick nicht mehr.

*

Claude schien sich über das, was er hörte, sehr zu freuen. Ich mußte eine neue Flasche holen. Er setzte sie an den Mund und trank, bis sein Hals hüpfte. Dann hob er die Faust und schrie: Harte Zeiten für harte Männer! Also besuchen wir das enfant d'or und ihren hübschen Gaul! Was kann ein Franzose wie ich in diesen Zeiten sonst schon tun! Mon ami – gilt das für uns? Moitié, moitié, Halbe, Halbe?

Ach Kindchen, dann vergingen die Jahre. Und der

Sand holt sich die Asche und die Erinnerung. Erst als du ein altes Schaukelpferd aus der brennenden Farm holtest, sah ich die kleine Margarete, verstand ich die Zusammenhänge.

Ekskuus tog! Dieser windige Franzose hat sich dein Gold geholt. Er hat es ausgegraben, vor deinen Augen lag es in Malente und du wußtest nichts davon. Wie auch, klein wie du warst. Und deine Eltern haben dem alten Herrn Wilhelm vertraut. Aber der hat mit Monsieur Claude angestoßen und gelacht und dann hat er gesagt, so kann es gehen, wenn man vergräbt, was einem nicht gehört. Woher stammt es? hat Monsieur Claude gefragt. Schau auf die Prägung, lachte der alte Herr Wilhelm, und stelle keine Fragen. Wer fragt, hat schon verloren.

Und obwohl ich jedes Wort kannte, unterbrach ich Greta nicht, weil es eine Geschichte war, die ich immer wieder hören wollte und weil sie noch kein Ende hatte und vielleicht das Ende suchte, ein Ende wie der stille Glanz des Goldes.

*

Wenn ihr es mir nicht gezeigt hättet, ich würde den Schaden nicht bemerken.

Friedrich hatte sich den Dielenboden genau angesehen, darauf geklopft, auch auf andere Bretter.

Kira hielt die Luft an. Scham und Erregung nahmen

von ihr Besitz, sie erstarrte und niemals, niemals befürchtete sie, würde sich das wieder ändern!

Kein Makler wird an eurer Reparatur etwas auszusetzen haben. Und er eröffnete den beiden, daß er sich dazu durchgerungen habe, das Haus zum Verkauf anzubieten. Deshalb sei er angereist. Ob sie es haben wollten.

Uns fehlt das nötige Kleingeld, sagte Philipp.

Leider, sagte Kira.

Kein weiteres Wort. Friedrich wußte nichts. Kira, die sich verloren hatte, fand sich wieder. Erleichterung hat viele Attribute. Ihr schwindelte, Kira mußte sich setzen, Sie dachte an den Nachbarhund. Kaum von seiner Kette befreit, sprang er über den Rasen, flog über Ginster und Mimosen und zurück, bellte seine Freude in ihr Ohr, dehnte die Vorderläufe, bis sein Kopf darauf Platz fand, schüttelte ihn hin und her und schleckte schließlich ihre Hand naß und triefend.

Jetzt war es einfach.

*

Und dann war Monsieur Claude wiedergekommen. Nach seiner langen Reise saß er wie der bunte Hahn auf der Brüstung und schmetterte lauthals die Marseillaise, fuhr Greta fort. Und jetzt, wo der ganze Zauber, wie er den Krieg nannte, vorbei war, würde er ein hübsches kleines Haus in seinem hübschen kleinen Pas du Loup finden, und der Boden darin würde äußerst wertvoll, wie es sich gehörte. Vive la France. Und der alte Herr Wilhelm lachte und lachte. Er lachte noch, als Monsieur Claude ihm den Schlüssel des Hauses brachte und sie nach Frankreich fuhren, weil der Zauber ja vorbei war, und er lachte auch noch, als er alleine zur Farm zurückkehrte, weil Monsieur Claude in die Namib gegangen war und nicht mehr zurückkam. Der verrückte Monsieur Claude.

Greta war jetzt still.

Warum sprichst du nicht weiter? fragte ich wie immer, wenn ihre Erzählung mit dem Verschwinden des verrückten Monsieur Claude versiegte.

Weil es nicht gut ist, dir das alles zu erzählen! Das weißt du besser als jeder andere!

Aber ich will doch alles wissen. Trotz allem, was passiert ist. Ich muß es wissen.

Gretas Augen sind jetzt geschlossen. Ihre Augen verschließen sich immer vor dem, was sie nicht sehen will, und sie ist wie ein Kind davon überzeugt, daß damit auch kein anderer es sehen kann. Worte sind wie Luftgeister, sie verschwinden. Kaum, daß sie aus dem Mund fliegen, sind sie schon weg. In den Augen aber steht alles, was jemals geschieht, und nichts kann die Bilder darin löschen.

Doch einmal, nur ein einziges Mal, erzählte Greta das Ende der Geschichte:

Der alte Herr Wilhelm rief mich wie jeden Abend in sein Zimmer. Ich mußte ihm die Füße waschen, seine

Knie, seine Schenkel. Dann legte er sich auf sein Bett und hieß mich, ihm den Rücken massieren. Das war kurz nachdem Monsieur Claude in die Namib gegangen war. Der alte Herr Wilhelm sprach in scharfem Ton zu mir, während ich seinen Rücken mit weichen, kalten Tüchern abrieb. Wenn mir auch nur eine Silbe über die Lippen käme über das, was zwischen ihm und Monsieur Claude gesprochen worden war, risse er mir eigenhändig die Zunge heraus und gebe sie dem Hund zum Fressen. Er wußte genau, daß ich vor dem Schäferhund mehr Angst hatte, als vor den Löwen, und meine Zunge tat mir bei dem Gedanken daran so leid, daß ich nur noch nickte. Aber dann ist der Hund gestorben, und ich dachte, daß jetzt keine Gefahr mehr da ist. Mar-ga-re-te, meine kleine Schwester, du solltest doch wissen, was für ein Mensch der alte Herr Wilhelm war. Damit du zurückgehen konntest, zu deinen Tanten, und ich würde mitkommen, weil der Krieg vorbei war und für euch alle sorgen.

So habe ich es mir gedacht, Margarete, so habe ich gedacht. Du warst es, die mich gefunden hat, als ich schon fast nicht mehr reden konnte und meine Seele in deinen Händen lag. Es tut mir so leid, daß du das alles miterleben mußtest. Denn dadurch sind deine Gedanken in eine Ecke geflohen und dort sitzen sie bis zum heutigen Tag. Meine Seele aber liegt noch immer in deinen Händen, also lebe ich. Das sagst du immer zu mir, auch wenn mein Volk mich gehen ließ.

Ach, Greta! Jetzt waren Gretas Augen wieder geöffnet und sie war fröhlich wie immer. Ihre schweren Gedanken hatten die Elefanten mitgenommen. Sie blieb still, schien zu schlafen. Ich war froh darüber. Jetzt würde ich über Friedrich nachdenken, und da störte Greta nur. Friedrich war weggefahren und hatte damit möglich gemacht, so ungestört mit Greta zu reden. War er da, flog die Tür auf, kaum daß ich ihren Namen nannte. Er will nicht, daß ich mit ihr spreche. Er mag sie nicht. Dabei kann er sie gar nicht sehen. Sie würde mich zu sehr aufregen, behauptet er, das sei nicht gut für meine Nerven und für seine noch weniger. Deshalb schweige ich. Seit Monaten oder seit Jahren, ich weiß nicht mehr. Greta sagt, Worte fliegen davon wie Luftgeister, aber das Schweigen ist ein Stein, der immer größer wird und den Mund nach und nach verschließt. So ist es. Greta hat immer Recht. Für sie brauche ich keine Hefte, um alles zu notieren. Und ich traue Friedrich nicht. Er will ein Wächter sein und doch hat er den Schlüssel des Hauses Philipp und seiner Frau Kira gegeben. Wie konnte er das nur tun? Und warum fährt er dorthin? Er darf das Haus nicht verkaufen. Das geht nicht!

Greta muß aufwachen. Sie muß mir sagen, was ich tun soll. Sie macht immer das Richtige. Greta!

*

Kira wird allein zurückfahren. So hat sie es mit Philipp besprochen. Friedrich braucht ihn beim Makler und als Fahrer. Sie will zurück. Sie wird den Saab nehmen und zu Hause den Außenspiegel reparieren lassen. Mechanisch packt sie ihre Koffer, legt die Kleidung noch einmal sorgfältig zusammen, holt ihre Toilettengarnitur aus dem Badezimmer, trägt die Koffer und Taschen ins Auto, in aller Ruhe. Philipp und Friedrich hat sie ins Restaurant geschickt, so hat sie Zeit. Den geleerten Werkzeugkasten stellt sie in die Abstellkammer. Er hat seine Aufgabe erfüllt. Sie ist fertig, als die Männer zurückkommen und eröffnet Friedrich, daß sie abfahren wird. Sie melde sich, alles wird kommen wie es kommt.

Dann sah sie Philipp im Rückspiegel, fuhr an den drei Alten in der Kurve vorbei, grüßte und rief, ihr bliebe noch viel Zeit, bis sie einmal dort stehen werde. In einem Waldweg parkte sie, stieg aus, holte die Barren aus Koffer und Taschen, versteckte das Gold in den Seitenverkleidungen des Kofferraums. Sie blieb ruhig, bis sie die ersten hundert Kilometer hinter sich gebracht hatte und an der Mautstelle die erste Karte zog. Das Kuvert ohne Inhalt hatte sie noch am Abend an sich genommen.

*

Greta hat nicht geschlafen. Sie hat nachgedacht. Und gleich wird sie mir sagen, was zu tun ist. Friedrich wird das Haus nicht verkaufen, ohne dich zu fragen. Niemals! Greta spricht leise. Er weiß nichts von dem Gold, sonst hätte er das Haus nicht anderen überlassen, da bin ich mir sicher!

Und warum weiß er nichts? Die Frage habe ich schon so oft gestellt und immer hat Greta mit den gleichen Worten geantwortet:

Er weiß von nichts, weil den alten Herrn Wilhelm der Schlag getroffen hat, bevor er ihm etwas sagen konnte, das ist das eine. Und das andere ist, weil er seinem Sohn die ganze Sache nicht erklären konnte, feige wie er war. Der alte Herr Wilhelm hat zu lange gewartet, aber den Tod interessiert keine offene Rechnung. So und nicht anders ist es.

Greta, keiner nimmt dieses furchtbare Gold. Es gehört anderen und bringt uns nur Unheil. Du weißt, ich warte auf meine Eltern und dann sollen sie es der unglücklichen Familie zurückgeben, der sie es genommen haben. So ist es ausgemacht!

Und so wird es sein.

*

Philipp war, nachdem Kira unterhalb der Auffahrt auf der Straße verschwunden war, ins Haus gegangen. Er hatte nicht versucht, sie zurückzuhalten. Auch war er zu überrascht von ihrem plötzlichen Aufbruch gewesen. Der Wodka war für Härtefälle gedacht, und dies war ein Härtefall. Friedrich hatte sich früh hingelegt und Philipp trank, weil Kira fort war und gleichzeitig trank er darauf, daß sie fort war. Die ständigen Streitereien fielen ihm auf die Nerven. Immer mußte alles erkämpft werden. Andererseits waren die Ausflüge amüsant gewesen. Obwohl da die Sache mit dem Schlüssel passierte. Es würde schon wieder werden. Kira war eben schwierig, aber er war an sie gewöhnt und überzeugt, daß sie ein Paar bleiben würden.

Sie hätten das Angebot von Friedrich nicht annehmen sollen, schließlich konnten sie sich zur Miete jedes Ferienhaus leisten, das ihnen gefiel. Aber wie so oft, Kira hatte ihn dazu gedrängt. Er scheute die endlosen Diskussionen, wie er überhaupt Streitgespräche scheute. Wieso ständig über alles reden, es wurde nichts besser dadurch. Wenn er so arbeiten würde, käme er nie an sein Ziel. Und seine Arbeit ließ sich doch gar nicht schlecht an in jüngster Zeit. Vielleicht war er bald sogar Artdirector. Dann könnte er sich die nächsten Aufträge herauspicken. Warum nicht Werbung für eine Firma, die Wodka auf den Markt brachte. So wäre sein Vorrat immer gesichert.

Dann gab es die ersten Stiche, wenn er an seine Frau dachte. Hoffentlich war die übereilte Abreise nicht der Anfang vom Ende, vielleicht verließ ihn Kira, zuzutrauen war es ihr. Einmal ist es ja fast so weit gewesen. Philipp nahm einen kräftigen Schluck. Schließlich war sie noch nie so einfach abgehauen, nicht einmal nach dem größten Streit. Damals, als er sie zum Star machen wollte. Er hätte es geschafft. Er hätte etwas Besonderes aus ihr gemacht. Etwas Besonderes zu sein, darum geht es doch heute. Nur darum geht es.

Auch der Wodka enttäuschte ihn. Zu schnell leer.

Plötzlich war es nicht mehr wichtig gewesen, Karriere zu machen. Unverschämtheit, kommentierte Kira seinen Vorschlag, bei Auftritten einen noch tieferen Ausschnitt zu tragen. Ob er das unter seiner Strategie verstand! Aber die Palette der emotionalen Ausbrüche beherrschte sie vollkommen. Und des moralischen Drucks. Er war schuld daran, daß es bei ihr nicht gereicht hatte. Und wie sie sich über seine Einkäufe echauffierte. Schließlich konnte er nicht old fashioned beim Kunden erscheinen, das kostete nun mal. Einen Brioni gab es eben nicht von der Stange.

Philipp sah, daß Friedrich aufgewacht war, zum Telefon ging. Er habe es freischalten lassen, vor seiner Abfahrt, erklärte er Philipp. Er müsse doch für Margarete immer erreichbar sein. Er nahm den Apparat und ging in sein Zimmer.

*

Greta nahm mich in den Arm und ich schlief ein. Als das Telefon läutete, war ich sofort hellwach. Greta auch. Sie hob ab.

Margarete, du bist es? Ist alles in Ordnung? Wo ist die Frau, die bei dir bleiben sollte?

Ich habe sie heute Morgen fortgeschickt.

Meine Güte Margarete, was machst du bloß!

Mir geht es gut. Du hörst doch, wie ich mit dir rede, es geht mir sehr gut, alles ist in Ordnung!

Friedrich war erstaunt. Margarete hatte so lange nicht mehr mir ihm gesprochen, daß er ihre Stimme kaum erkannte.

Natürlich freue ich mich, daß du mit mir redest, du glaubst gar nicht, wie sehr. Nur bin ich ziemlich durcheinander.

Ich auch Friedrich, ich auch. Was tust du in Pas du Loup?

Ich sehe nach dem Rechten, es gab ein kleines Problem. Philipp hat den Schlüssel verloren, er mußte in unser Haus einbrechen! Aber nur die Dielen im Salon waren beschädigt, und jetzt ist wieder alles in Ordnung. Kira ist bereits abgereist. Bitte rege dich nicht auf.

Die Dielen beschädigt? Wo? An welcher Stelle?

Greta sank auf den Boden, riß das Telefon mit sich.

Hallo. Hallo, Margarete. Was ist passiert?

Zum Glück hatte ich Greta schnell wieder auf die Beine geholfen. Mir geht es gut, sagte ich, es geht mir gut. Dann legte ich auf.

Greta, Greta, was tun wir jetzt?

Ich dachte diese Frage, weil ich wußte, daß sie mich auch ohne Worte verstand.

Jetzt weinte ich. Aber das duldete Greta nicht.

Wir werden abwarten. Noch wissen wir nicht, ob das Gold entdeckt worden ist. Dann werden wir Kira einen Brief schreiben. Wir sind am Zug. Wenn Kira unser Gold hat, weiß sie nicht, daß wir sie verdächtigen! Dies müssen wir nutzen!

Wie? fragte ich.

Ich weiß es noch nicht, sagte Greta.

Friedrich rief noch einmal an, um zu sagen, daß er einige Tage bleiben müsse. Wenn ich gewußt hätte, daß es dir besser geht! Warum sind wir nicht zusammen gefahren? Ich wäre so glücklich gewesen.

Ach, Friedrich, mein Wächter.

*

Kira war übernervös. Sie steuerte den Wagen angespannt und konzentriert. Als transportiere sie eine fragile Last, Körbe voller Eier oder einen hochexplosiven Stoff. Was auch immer sie damit anstellen würde, es stellte ihr bisheriges Leben auf den Kopf. Zunächst mußte sie das Gold verkaufen. Aber wie? Einfach zur Bank gehen, die Barren auf den Tisch legen und den Gegenwert in Scheinen verlangen? Das ginge sicher nicht. Wen konnte sie fragen? Sie mußte diesen Gedanken erst einmal zurückstellen. Jedenfalls konnte sie das Gold nicht in der gemeinsamen

Wohnung deponieren. Ihr wurde bewußt, daß sie plötzlich Gegner hatte, sie war reich, aber hatte Gegner. In ihre Euphorie krochen immer mehr Zweifel. Sie würde alleine sein, durfte mit keinem sprechen, mußte die Stadt, wenn nicht gar das Land verlassen. Vielleicht war es kein Fund, sondern ein Diebstahl und sie würde zur Rechenschaft gezogen? Sie war jetzt irgendwo zwischen Montpellier und Orange und verspürt unsäglichen Durst, getraute sich aber nicht, an einer Raststätte zu halten. Sie hatte doch immer wieder von Diebstählen gehört, die an solchen Plätzen geschahen.

Sie hielt erst, als der Tank fast leer war. Während sich die Anzeige der Zapfsäule rasend schnell bewegte, erstarrte sie plötzlich, als wäre sie in kaltes Wasser gesprungen. Sie kam mit dem Gold nicht über die Grenze! Die Beamten brauchten noch nicht einmal in den Kofferraum schauen, ihnen genügte bereits ein Blick auf ihr Gesicht. Aber vielleicht gab es keine Kontrollen mehr. Möglich könnte es sein. Sie bezahlte, durfte nicht wieder mit solchen Angstvorstellungen beginnen. Damit mußte Schluß sein. Hatte sie den Wagen dort hinten nicht schon einmal gesehen? Unsinn, wies sie sich zum wiederholten Mal zurecht. Keiner folgte ihr, dennoch war sie unruhig, sah mißtrauisch auf jeden Autofahrer, der sie überholte, schaute mehr in den Rückspiegel, als auf die Straße. Während der langen Fahrt, die autoroute du soleil hinauf bis zur Rheinbrücke, die die Grenze markierte, konnte sie trotz Beruhigungsformeln und eigenen Ermahnungen an nichts anderes denken, als an ihr Scheitern. Von weitem sah sie die Zöllner an der Grenze. Völlig aufgelöst wartete sie auf die Kontrolle. Aber als der Beamte sie fragte, was denn los sei, mit ihr, sagte Kira:

Mein Mann hat mich verlassen.

Der Zöllner winkte sie durch, wünschte – trotz allem – eine gute Heimreise und sie solle bitte vorsichtig fahren.

Auf der A8 wurde es besser. Das Hochgefühl kehrte mit einem mal zurück. Die Probleme würden gelöst werden. Sie hatte erneut getankt und sich durchgerungen, eine Essenspause einzulegen. Von ihrem Fensterplatz aus behielt sie ihr Auto im Blick. In der Raststätte verkehrten Familien mit kleinen Kindern, ältere Paare, wenige Alleinreisende, vermutlich Geschäftsleute, keiner war dabei, der ihr Beachtung schenkte. Kira saß am Fenster wie Margarete.

Die arme Margarete am Fenster, dachte sie. Was für eine Krankheit das wohl sein mochte, die sie verstummen ließ. Kira wußte keine Erklärung, sie kannte sich nicht aus in den Feinheiten der Psyche anderer. Und wie sie fand, auch nicht in ihrer eigenen. Hätte ihr jemand vor einigen Tagen gesagt, daß sie etwas an sich nehmen würde, was ihr nicht gehörte, sie hätte das für unmöglich gehalten. Offenbar war Verhalten weder kontrollierbar, noch vorhersehbar. Wie bei einem Geysir. Tief unten brodelt und kocht er, manchmal dampft nur der Boden, dann wieder bricht er aus. Keiner kann vorhersagen, ob es geschieht und wann, und wenn, an welcher Stelle. Sie schob den Teller von sich.

Sie wollte an diesem Tag nicht mehr fahren. Auf dem Weg zum Parkplatz faßte sie den Entschluß, sich nach einem Hotel umzusehen. Konnte sie es wagen? Sie stieg in ihr Auto und blieb einfach sitzen, lehnte den Kopf zurück, verschloß die Türen und deckte sich mit ihrem Anorak zu. Das mußte genügen. Nur einige Stunden und dann konnte sie einigermaßen ausgeruht die Fahrt wieder aufnehmen. Noch mehr als 600 Kilometer lagen vor ihr, die zu schaffen, war ihre geringste Sorge. Daß Probleme kommen würden, dessen war sie sich inzwischen bewußt: Gold ist immer ein Problem.

Sie hatte schon von Anfang an einen Barren in ihrer Handtasche behalten, griff nach ihm, war abermals überrascht, wie schwer das kleine Teil war. Kira las die Aufschrift, fuhr mit dem Rücken der Hand darüber, betastete ihn, hob ihn an die Wange. Selbst im schwachen Licht der Innenbeleuchtung glänzte er. Nichts, was sie bis dahin gesehen oder gefühlt hatte, kam ihm nahe. Waren das die Tränen der Sonne? So nannten die Inkas das Edelmetall. Sie hob ihren Pullover, legte den Barren auf ihre Brust, aber die Kälte ließ sie das schwere Stück sofort zurückziehen. Gold, Goldmünzen, Sterntaler, Goldmarie, Hans im Glück, Midas. Märchen und Mythen fielen ihr ein. Ein Herz so rein wie Gold. Katzengold. Janusköpfig. Nur drei bis fünf Gramm in tausend Tonnen Gestein, gefördert aus den Tiefen der Erde, unvorstellbaren Tiefen, bis zu viertausend Metern. Kira legte den Barren auf ihren Schoß. Dort betrachtete sie ihn, bis er vor ihr zu verschwinden schien. Schnell schloß sie die Augen, öffnete sie wieder. Er lag da, als hätte es nie einen besseren Platz dafür gegeben.

Die restliche Strecke fuhr sie in den beginnenden Tag hinein. Sie nahm weder die kleinen Leuchtfeuer wahr, die auf den Baumkronen zu glühen schienen, noch Äste, die sich bis zum Boden neigten, weil Äpfel über Äpfel daran hingen. Sie fror, dann war ihr wieder heiß. Alles, was sie in diesen Momenten wollte, war eine heiße Dusche und ein Glas Tee. Sie fuhr auf den Hof ihres Hauses, wo sie einen Stellplatz hatten. Trug das Gepäck in die Wohnung. Bei ihrem letzten Gang schloß sie den Briefkasten auf und fand ein Kuvert. Die Schrift kam ihr bekannt vor. Sie zitterte so sehr, daß sie es krampfhaft festhalten mußte. Auf der Vorderseite stand dieses Mal ihr Name: Kira Assmann. Einen Absender gab es nicht.

*

Greta hat noch immer nichts gesagt. Jetzt muß ich für uns beide denken. Wir werden einen Brief schreiben, Greta und ich. Früher habe ich das allein gemacht. Als meine

Tanten noch lebten, bekamen sie so viele Briefe von mir, daß sie mit dem Beantworten kaum nachkamen. Und jede ihrer Zeilen ist in Namibia verbrannt. Alte Tanten, gute Tanten, auch wenn sie immer nur in der Vergangenheit lebten. Damals, ja damals. Keiner könne neue Wurzeln fassen, wenn er nicht wisse, wie die alten ausgesehen hätten. Besuche die Friedhöfe, die Gräber, vergiß die Blumen nicht, und entzünde ein Licht. So stand es in jedem Brief. Nur so würde es eine Zukunft für mich geben. Ach, die Tanten.

Ich sagte zu Greta, wir sollten jetzt den Brief an Kira schreiben. Vielleicht sollten wir auch reisen, auf einem großen Schiff, den Wellen entlang, in die offene See. Greta schüttelte entsetzt den Kopf.

Du kannst doch nicht aus dem Haus! Hast du denn deine Angst vergessen?

Als handele es sich um einen Freund. Wenn ich die Angst verlöre, sei ich allem schutzlos ausgeliefert.

Das willst du doch nicht! Greta schrie es laut.

Die Angst möchte nicht, daß du aus dem Zimmer gehst. Sie will, daß du nicht sprichst, daß du mich nicht verlierst, daß du vor Friedrich sicher bist.

Greta war jetzt still. Aber sie beobachtete mich, ich sah es genau. Und ohne daß ich sie um Hilfe bat, begann ich mit dem Brief an Kira. Er gelang mir, ich war zufrieden und schloß ihn, ohne daß Greta ihn anschauen durfte. Ich habe ihr Lesen und Schreiben beigebracht, in der kleinen Schule, in die sie sich geschlichen hat, wenn keiner es merkte. Den Brief an Philipp habe ich sie schreiben lassen und man konnte sehen, daß er kein Erfolg war. Keinen hat interessiert, was Greta wollte. Schon am nächsten Abend standen Philipp und Kira da und holten den Schlüssel.

Vielleicht haben sie meinen Brief nicht erhalten, sagt Greta.

Doch, sage ich. Ich habe ihn dem Arzt mitgegeben, und er hat versprochen, ihn einzuwerfen.

Aber wir hatten doch gar keine Briefbögen. Friedrich hat sie uns erst später zurückgegeben, erinnere dich doch.

Greta sagt nichts mehr. Aber es macht mir nichts. Ich habe ja jetzt Kira. Sie wird kommen und mich abholen. Sie kann nichts anderes tun, als zu mir zu kommen. Weil sie Angst hat. Und keiner ist so vertraut mit der Angst wie ich. Das verdanke ich Greta, der stummen Greta.

Das also schrieb ich:

Sehr geehrte Frau Assmann,

Sie können meine Gedanken nicht verstehen, wenn ich sie nicht niederschreibe. Seit Jahren sitze ich hier am Fenster und denke nach. Friedrich geht und kommt, ich folge ihm mit den Augen, bis er hinter der Hauswand verschwunden ist. Aber er ist noch da, auch wenn ich ihn nicht sehe. Friedrich, mein Wächter. Er hat mich mein ganzes Leben beschützt, als wäre ich ein zerbrechliches Erbstück.

Als die ersten Bomben auf Hamburg fielen und wir in

den Kellern sitzen mußten, wurde ich von meiner Mutter beschützt. Sie tröstete mich immer damit, daß ich in eine neue Zeit hineinwüchse, in der alles glänzen werde. Aber keiner kann wissen, was die Zukunft bringt. Ich habe meine Eltern verloren, meine Heimat, meinen Glauben an die Menschen. Und dennoch will ich ihnen berichten, was mir meine Mutter jedes Mal erzählte, wenn die Bomben aufschlugen und lauter und lauter um uns herum detonierten: Ich solle durchhalten, denn für mich sei gesorgt, sagte sie und nahm mich fest in ihren Arm. Ich müsse es nur in die Zukunft schaffen.

Meine Eltern sind lange tot. Ich weiß es. Und da meine Eltern etwas an sich genommen haben, was ihnen nicht gehörte, muß ich es zurückgeben!

Sie sehen, ich habe viele Gedanken, es sind zu viele, um alle zu Papier zu bringen. Ich bitte sie, mich am 24. September zu besuchen. Es ist sehr wichtig.

Hochachtungsvoll

Margarete Fellbrügge

*

Kira hatte den Brief noch im Treppenhaus geöffnet, las das Geschriebene wieder und wieder. Das war Margarete? Die scheue, ängstliche Frau, die sich weder zeigte noch sprach. Von der ihr Mann sagte, sie leide unter Depressionen oder vielleicht unter Verwirrung. Diese Margarete konnte den

Brief nicht geschrieben haben. Aber ihr Mann war in Frankreich, das stand fest. Der 24., das war schon am nächsten Tag. Bis dahin mußte sie sich etwas einfallen lassen. Woher, um Himmels willen, könnte Margarete von dem Gold wissen? Nein, Friedrich wußte nichts davon, dann war es doch auch ausgeschlossen, daß sie davon wußte. Was also konnte ihr passieren, wenn sie zu Margarete ging. Vermutlich war der Brief nur ein weiterer Beweis für die Verwirrung der Frau. Sie wird den Besuch machen, aber nichts wird sie dazu bringen, den Fund zuzugeben. Sie brauchte ein Versteck. Schon während der Fahrt hatte sie an den Keller gedacht. Jetzt verstaute sie die Barren in einem leeren, verschließbaren Farbeimer. Fürs erste sollte das genügen.

Margarete? Die Frau ist alt und depressiv, keine Gegnerin. Über Stunden hatte sich Kira um das Problem gedreht, es nie wirklich zu fassen bekommen, und dann war die Lösung so einfach. Ihre Sorgen waren unbegründet, sie mußte es sich nur noch beweisen.

*

Kira war pünktlich, zögerte nur kurz, ehe sie die Klingel betätigte, bemerkte dann, daß die Eingangstür nur angelehnt war. Sie wurde erwartet. Margarete mußte sie beobachtet haben, anders ließ sich dieses Entree nicht erklären.

Auch die Tür zu Margaretes Zimmer, die sonst immer geschlossen war, stand weit offen, und für einen Moment glaubte Kira, Margarete wäre nicht da. Sie trat näher. Margarete saß in einem viel zu großen Sessel mit seltsam gebogenen Beinen. In der Ecke stand abgedeckt ein Schaukelpferd, von dem nur der Schweif und ein Bein ohne Vorderfuß unter der Decke herausragten. Den Raum füllte ein Schreibtisch, dessen Schreibfläche mit unzähligen Kuverts und Briefbögen überhäuft war.

Margarete nickte ihr ruhig zu. Sie solle sich setzen, anbieten könne sie ihr nichts. Dabei zeigte sie auf einen Stuhl unter dem Fenster, der kein Polster aber eine gerade Rückenlehne besaß. Margarete war aufgestanden und hatte sich vor Kira gestellt. Trotz der schmächtigen Gestalt empfand Kira diese Haltung als Bedrohung. Schüchtern setzte sie sich. Margarete schien sich ihrer Sache sicher.

Es war klug von ihnen, zu kommen.

Wie meinen sie das? fragte Kira gereizt.

Wer seinen Frieden finden will, muß den ersten Schritt tun. Vor langer Zeit hätte ich schon den Mut dafür haben sollen. Ich habe ihn nicht aufgebracht, und sehen sie, was aus mir geworden ist. Das Leben hat mir Angst gemacht, die Angst machte mich scheu, die Scheu ließ mich vereinsamen. Aber es war meine eigene Schuld. Sie glauben, sie kennen sich und können sich vertrauen. Lange dachte ich wie sie, Kira. Jeder Mensch unterliegt diesem Irrtum. Greta hat es mir erklärt.

Margarete lächelte jetzt.

Als meine Eltern verschüttet wurden, glaubte ich, sie kämen jeden Augenblick aus den Trümmern. Jedes Haus war mir gut genug dafür, auf jedem Schuttberg sah ich sie stehen. Ich war immer fröhlich, ich wollte ihnen keinen Grund geben, nicht zurückzukommen. Als Friedrich mich fragte, ob ich mit ihm nach Afrika ginge, stimmte ich zu, weil ich meine Enttäuschung nicht mehr ertragen konnte. Meine Eltern werden eher dort erscheinen, als in Hamburg aus den Trümmern steigen, dachte ich. Eines Tages stehen sie vor meiner Tür und holen mich. Aber sie kamen nicht, und ich bin darüber altgeworden. Sie wissen nichts von Afrika und kennen Greta nicht. Greta hat mir über Friedrichs Vater und meinen Vater erzählt. Daß sie Freunde waren, einen Pakt geschlossen haben! Wir fürchten die Väter, wenn sie streng sind. Den Respekt vor ihnen zu verlieren, ist schlimmer. Und meine Mutter! Ich konnte es nicht hören, ich habe es nicht ertragen. Für dich ist gesorgt, was soll das heißen, für dich ist gesorgt! Wer sorgte sich um mich! Ein ruhiges Andenken hätten sie mir lassen sollen, damit wäre ich versorgt gewesen! Wissen sie, was es bedeutet, keine Ruhe zu finden, weil man eine Schuld trägt? Nein? Sie tritt ungefragt immer und immer wieder in dein Leben und hält ihren Spiegel vor dein Gesicht!

Greta sagt, tot sind nur jene, deren Herzen keine Last mehr tragen. Ich muß dafür sorgen, daß ich meine Ruhe finde, bevor ich sterbe. Ich will etwas zurückgeben, daß nicht mir gehört. Begleiten sie mich in den Osten, Kira, nach Tallinn. Alleine schaffe ich es nicht und ich muß ihnen dort etwas zeigen, dann werden sie mich verstehen.

Kira war sich nicht sicher, ob Margaretes rätselhafte Aussagen in Zusammenhang mit ihrem Goldfund standen. Aber wenn schon, es fehlte jeder Beweis. Sie erinnerte sich an Eva Maiwald. Auch sie hatte immerzu von Verlusten, von Schuld und Enttäuschung gesprochen. Wieso sollte sie nicht mit dieser Verrückten nach Tallinn fahren. Sie hatte nichts zu verlieren und sagte unter der Voraussetzung zu, daß die Reise nicht länger als eine Woche dauere. Margarete bat Kira, Friedrich anzurufen, um ihn von ihren gemeinsamen Vorhaben zu unterrichten. Hier sei die Nummer. Wieso eigentlich nicht? Noch konnte Kira ihr normales Leben wieder aufnehmen, die geplanten Ferien wären erst in zwei Wochen zu Ende gegangen, und Philipp würde sich wahrscheinlich freuen, wenn sie zu ihm zurückkäme. Irgendwann, wenn Gras über die Sache gewachsen war, konnte sie ihren Schatz heben, dann sah man weiter. So viel war in den vergangenen Tagen geschehen. Diese Reise bot entweder Gelegenheit, sich über ihr weiteres Vorgehen Gedanken zu machen oder es war eine willkommene Ablenkung für sie.

Kira griff zum Telefon, zögerte und legte den Hörer zurück, ohne zu wählen. Sie würde Friedrich von Tallinn aus benachrichtigen. Wenn es sich diese Frau nicht noch anders überlegte.

So zielstrebig, wie Margarete die Sache geplant hatte, konnte sie nichts mehr aufhalten. Nur wenige Stunden später stiegen beide in ein Taxi.

Zum Flughafen, bitte, wir haben es eilig, sagte Margarete. Wie einfach es gewesen war, Kira dazu bewegen, mit ihr zu kommen. Wie erschrocken sie ausgesehen hatte! Ein Bündel schlechtes Gewissen. Aber sehr praktisch veranlagt. Nun muß es schnellgehen, Kira durfte keine Zeit haben, darüber nachzudenken. Außerdem konnte sie Greta nicht so lange alleinlassen. Sie hütet meine Angst, aber wer weiß, wie gut sie das macht.

Sie machten einen Zwischenstopp in Helsinki, mußten zwei Stunden Aufenthalt in Kauf nehmen, aber schon nach einer weiteren halben Stunde Flugzeit landeten sie in Tallinn. Kira war während des ganzen Fluges still dagesessen.

Vermutlich hat sie bis zuletzt gehofft, ich überlege es mir anders, dachte Margarete.

Aber sie hatte nicht einen Moment daran gedacht, aufzugeben. So ist das, wenn die Wächter ihren Platz verlassen.

Die Nacht verbrachten sie in einem kleinen Hotel mit Seeblick. Jede in ihrem Zimmer. Margarete saß am Fenster, sah auf das nächtliche Wasser und versuchte den Gesang der Wellen zu hören. Dabei vergaß sie, warum die Reise gemacht werden mußte, dachte weder an Greta noch an das, was zu erledigen war. Sie suchte in den Erinnerungen nach allem, was sie noch von ihren Eltern wußte. Immer sagte sie Eltern und meinte doch ihre Mutter. Ihr Gesicht war Margarete noch immer nahe. So jung war sie, als sie sich am Abend über sie beugte, ihr einen Kuß zu geben. Ihren Duft spürte sie bis in dieses Zimmer hinein. Margarete war noch klein, ihr Vater meist unterwegs. Er kam, wenn sie längst schlief und ging, wenn sie noch schlief. Er war ein Wort, ein Kleidungsstück auf der Wäschestange, eine Mulde im Bett, wenn sie nach dem Aufwachen an die Seite ihrer Mutter schlüpfte. Und es war jenes Wort, das sie von der Mutter fortriß.

Friedrich sagte, er wolle niemals Vater werden. Alle Väter seien Kronos. Sie opferten früher oder später ihre Kinder, verschlangen sie, verstießen sie, verachteten sie und wollten sie nicht wachsen lassen.

Ach, Friedrich, mein Wächter.

Weit nach Mitternacht muß es gewesen sein, als Margarete endlich zu Bett ging. Sie schlief unruhig, alles war ihr fremd, am allermeisten sie sich selbst. Einmal wurde ihre Tür geöffnet und sie sah Kira im Licht des Flures. Schnell schloß sie die Augen, sie durfte nichts von ihr sehen.

Und dann sah es sie ganz deutlich. Sie würde in diesem Zimmer bleiben. Die Reise, die fremde Umgebung, wie sollte sie da denken können, alles war so verwirrend. Greta war nicht da. Greta mußte hierher kommen.

Ich werde auf Greta warten, ich muß ihre Stimme hören, sie spüren. Margarete war jetzt hellwach.

Greta, hilf mir, die zu finden, an die ich das Gold zurückgeben werde. Mutter wird mich dafür loben und nicht mehr weinen, wie damals, als der Vater es in Koffern hereinschleppte. Ich schliefe, dachten sie. Sie besprachen alles, wenn sie dachten, ich schliefe. Aber ich war größer geworden und wollte es wissen. Mutter hat darauf bestanden, daß Vater es zurückbringt. Aber wohin? hat er geflüstert. Sie sind alle fortgebracht worden. Es gehört niemandem mehr. Sollen wir es in die Elbe werfen oder den Verbrechern anvertrauen? Aber die Mutter hat geweint und geweint. Margarete dachte, daß es nicht mehr aufgehört hat. Aber dann hat sie zu ihr gesagt, für sie sei gesorgt, sie müsse es nur in die Zukunft schaffen. Deshalb müsse sie zu den Tanten. Ihre Eltern hat sie nicht mehr wiedergesehen.

Jetzt würde sie, Margarete, alles in Ordnung bringen. Als sie von Greta erfahren hatte, was da unter dem dunklen Dielenboden lag, hätte sie handeln sollen. Aber Friedrich hatte ihre Bewachung übernommen und sie vertraute niemandem mehr. Niemandem. Greta hatte sie gewarnt. Sie zog die Decke über den Körper, schlief die

Nacht und den ganzen nächsten Tag und als sie am Abend von Kiras Klopfen wach wurde, sah sie Greta. Sie hatte es gewußt, Greta würde sie nicht alleinlassen.

*

Noch im Flugzeug hatte Kira darüber nachgedacht, daß es besser gewesen wäre, die Bahn oder eine Fähre zu nehmen. Auf See oder während einer Zugfahrt hätte sie diese Verrückte sich selbst überlassen. Wer weiß, wozu es gekommen wäre. Zu keinem Zeitpunkt durchschaute sie die schmächtige Person mit dem unbeugsamen Willen.

Wie aufrecht sie dasitzt, den langen, sauber geflochtenen grauen Zopf wie ein Schmuckstück über die Schulter gelegt. Ohne zu zögern hatte Margarete Taxi und Flugticket bezahlt. Was sie in Estland wollte, war Kira schleierhaft. Nichts sprach für die Existenz Verwandter. Margarete hatte auf der Reise nach Tallinn immer nur von ihren Eltern gesprochen und meine Güte, die waren seit einem halben Jahrhundert tot.

Kira hatte alles seinen Gang gehen lassen. Aber als sie Margarete am nächsten Morgen zu wecken versuchte, bekam sie keine Antwort. Zwei Tage wollte Kira sie zum Aufstehen bewegen. Vergeblich. Margarete schien etwas in Kiras Gesicht zu suchen, es aber nicht zu finden. Darauf schloß sie wieder die Augen und wandte sich ab. Kira stellte ihr Tee und Brote ans Bett, wartete in ihrem Zimmer. Als sie nicht mehr ein noch aus wußte, rief sie Friedrich an, der außersichgeriet. Was habe sie sich nur dabei gedacht! Dann bat er fast weinerlich um die Adresse des Hotels. Kira gab sie ihm.

Am dritten Tag ihres Aufenthalts klopfte Margarete früh morgens an Kiras Zimmertür. Sie schien mit einem Mal gesund und voller Energie, wollte ein Frühstück und danach zum Rathaus gehen. Ein Taxi brachte sie in die Innenstadt. Die Bediensteten des Meldeamtes waren zuvorkommend, aber eine Familie des Namens, den Margarete nannte, gab es hier nicht, ebenso wenig war näheres über Nachfahren bekannt. Vermutlich alle auf dem alten Friedhof begraben. Kira sah das Erstaunen im Gesicht des freundlichen Beamten, als Margarete sich nach dem Friedhof erkundigte. Der existiere schon lange nicht mehr, es sei ein sehr schöner Park daraus geworden. Nein, Gräber gebe es da keine mehr zu sehen.

Besuche die Friedhöfe, die Gräber, vergiß die Blumen nicht und entzünde ein Licht.

Was aber war zu tun, wenn es keine letzte Ruhestätte mehr gab. Aus Margaretes Verhalten ließ sich für Kira nichts erschließen. Dann würden sie eben zum Park fahren. Der Boden sei der gleiche. Ob Bäume oder Grabsteine darauf stünden, sei schließlich egal. Kira nickte nur. Sie ließen sich den Weg beschreiben, gingen zu Fuß, weil der Mann erklärt hatte, daß der Park nicht weit entfernt lag. Dort angekommen, lief Margarete voraus, schien etwas zu suchen und es hatte den Anschein als wisse sie, was das sei. Sie berührte mehrere Bäume, strich über Sträucher, bückte sich nach kleinen Steinen, hob manche auf, warf sie wieder zu Boden, drehte sich im Kreis, ihr Blick verfolgte lange eine Amsel, die auf einem großen Ast saß, sich schließlich erhob und davonflog. Noch trugen die Bäume ihre Blätter. Die Farben Rot und Gelb zeichneten sich schon darin ab, bald würde sie der Wind davontragen.

Alles vergeht, sagte Margarete. Auch die Zeit, in der die Menschen ihr Gewissen freiwillig dem Staat überlassen haben. Ob Kira glaube, diese Zeiten gehörten der Vergangenheit an?

Und interessierten sie solche Fragen, oder glaube sie, in ihrem Leben ohne sie auszukommen?

Kira wollte weg aus dem Park, fühlte sich beengt, sie wolle nicht mehr auf Gräber treten, es bringe Unglück, sagte sie leise. Margarete nickte resigniert. Sie schlugen den Weg zum Hafen ein. Kira war abwesend und ernst. In einer kleinen Gaststätte nahe der Kais bestellten sie Kaffee, sahen zu, wie eine große Fähre entladen wurde. Autos, Lastwagen, Traktoren, ein Gefährt nach dem anderen verließ, dirigiert von einem Mann in Uniform, die Ladefläche. Der Mann holte weit aus, trieb zur Eile, denn schon standen in einer anderen Spur die Fahrzeuge, die in den ewigen

Kreislauf aufgenommen werden sollten. Weithin leuchtete der Name der Fähre. Kira sah ganz oben auf Deck die Rettungsboote, sie zählte vier, war sich aber nicht sicher. Der Winkel war zu ungünstig.

Was willst du, Margarete?

Du weißt nicht was ich will, du weißt es wirklich nicht? Margarete schüttelte müde den Kopf.

Dann will ich mit dir auf dieses Schiff da. Hinaus aufs Meer. Vielleicht verraten dir die Wellen, was ich will.

Kira empfand Liebe und Respekt für das Meer. Sie sagte es Margarete, die dazu lächelte.

Kira würde die Fähre buchen. Mit Margarete. Fort aus dieser Stadt, in der sie sich zunehmend unwohl fühlte. Eine andere Lösung gab es nicht. Sie rief nach dem Kellner. Margarete bezahlte, legte Geldscheine auf den Tisch. Der junge Mann nahm sich nur, was der Beleg auswies.

Die Fähre war ausgebucht. Keine Möglichkeit, noch an diesem Tag einen Platz zu bekommen. Morgen? Der Schalterbeamte nickte, zwei Kabinen, eine auf Deck I, die andere Deck IV. Anders ginge es nicht, nein, nichts zu machen, tut mir Leid. Kira willigte ein, überlegte einen Moment, ob sie einen Geldschein auf den Tisch legen sollte. Vielleicht fänden sich dann doch zwei Kabinen nebeneinander. Sie ließ es sein. Es sollte nicht darauf ankommen. Margarete bezahlte gegen Kiras Willen, bestimmte für sich die Kabine auf Deck IV.

Wer zahlt, bestimmt.

Kira stockte für einen Moment der Atem. Margarete war doch verrückt. Kein Zweifel. Der Gedanke beruhigte sie auf der Stelle. Und sie verschwand, kaum im Hotel, wieder in ihrem Zimmer.

Der Portier bedauerte charmant, daß die beiden Damen schon wieder abreisten. Ob er denn mit einen weiteren Besuch rechnen könne?

Die Zukunft bleibt offen, nur die Vergangenheit steht fest.

Margarete schenkte ihm ihr seltenes Lächeln. Auch das Packen ihres Koffers erledigte sie ohne Hilfe, wartete, zu Kiras Erleichterung, bereits am Mittag am Empfang. Bis zur Abfahrt blieb ihnen noch genügend Zeit. Dennoch gingen sie sofort zum Hafen, warteten ungeduldig darauf, die Fähre betreten zu können.

*

Friedrich war angespannt. Er war wütend auf Kira, auf sich, auch auf Philipp, der nicht mehr nüchtern zu werden schien. Margarete schläft, erfuhr er von Kira. Friedrich konnte nicht einschätzen, ob das ein gutes oder schlechtes Zeichen war. Gerade hatte sie sich auf dem Weg der Besserung befunden, und er hatte Hoffnung geschöpft. Margarete sprechen zu hören hatte ihn zuversichtlich werden lassen, sie könne gesunden. Endlich, nach Jahren. Und dann diese Nachricht. Friedrich bestimmte die sofortige Abreise. Der Verkauf des Hauses mußte eben verschoben werden. Innerhalb einer Stunde war alles in seinem alten Wagen verstaut. Philipp bot sich an zu fahren, er habe seit gestern Abend wirklich nichts mehr getrunken. Friedrich willigte nach kurzem Zögern ein. Sie hielten nur, um den Tank zu füllen und sich beim Fahren abzulösen. Nach zwanzigstündiger Fahrt erreichten sie Hamburg. Und obwohl beide übermüdet waren, steuerten sie den Flughafen an. Friedrich ließ keine Zweifel gelten: Er würde Margarete zurückholen. Und Philipp wollte ihn begleiten.

Warum kommst du mit mir? fragte ihn Friedrich.

Weil du Recht hattest. Jeder braucht Wurzeln.

Ich würde meine gern verlieren, dachte Friedrich, sagte aber nichts.

Ihr Flugzeug landete am späten Nachmittag in Tallinn. Friedrich hatte, ebenso wie Philipp kaum geschlafen, aber die Aussicht, diesem Theater – so Friedrich – ein Ende zu bereiten, trieb ihn an. Es dunkelte schon, als sie das Hotel erreichten.

Kira und Margarete?

Die beiden seien abgereist, schon seit Stunden. Friedrich starrte den Portier an.

Er war nahe daran, vor dem Tresen umzufallen.

*

Philipp brauchte Zeit, bis er die Situation begriff. Er war Friedrich in das Flugzeug gefolgt, hatte während des Fluges nach Helsinki geschlafen, sich bis zum Weiterflug nach Tallinn quer über eine Sitzreihe des Warteraums gelegt und war sofort wieder eingenickt. Auch den Weg zum Hotel hatte er nur dunkel wahrgenommen.

Erst als Friedrich umzukippen drohte, schien er aufzuwachen.

Welche Fähre? fragte er.

Der Portier griff zum Telefon, redete hastig, wählte noch einmal, dann schob er ihnen einen Zettel zu: Überseekai, Abfahrt: 19.00 Uhr.

Er könne für Fahrkarten sorgen, alles sei eine Frage des Preises.

Das Taxi kämpfte sich durch den zähen Straßenverkehr Tallinns zum Hafen. Die Anfahrt zum Terminal war von Uniformierten abgesperrt, also verließen sie den Wagen und liefen die letzten hundert Meter zu Fuß. Philipp bezahlte die vom Hotel gebuchte Doppelkabine an Deck II. Friedrich ließ es geschehen, er war am Ende seiner Kräfte und warf sich auf das schmale Bett, nachdem Philipp ihm versicherte, er würde sich sofort auf die Suche nach den Frauen machen.

Die Fähre fuhr mit einer fast halbstündigen Verspätung ab. Hob sich und stampfte aus dem Hafen. Weit nach Mitternacht saß Philipp zwischen zwei Esten in der Karaoke-Bar. Er war beim Wodka geblieben. Vom ersten Glas an. Die Frauen wird er am nächsten Morgen suchen. Sie konnten ja nicht weglaufen, lachte er. Terviseks.

*

Kira konnte nicht schlafen. Sie zog durchs Schiff. Da es stürmte, verließ sie das Außendeck schnell wieder, um in einem der Bordrestaurants ein Glas Wein zu trinken. Für einen Moment glaubte sie Philipp gesehen zu haben. Im gedeckten Frühstücksraum stand ein Klavier. Kira schob einen Stuhl davor und öffnete den Deckel. Mr. Skylight ...! Mr. Skylight ...! Aus den Lautsprechern dröhnte dieser Name. Wie hätte sie wissen können, daß dieses Signal der Mannschaft galt und die höchste Alarmstufe bedeutete. Kira nahm Platz und berührte die Tasten. Weich waren sie und warm. Als sich die Estonia zur Seite neigte, spielte Kira Schubert und mit einem Mal hatte sie alles verstanden.

*

Jetzt sitze ich schon den ganzen Nachmittag unter dem großen Kastanienbaum und noch immer ist es mir nicht kalt. Die Decke war wie an jedem Nachmittag von dem freundlichen jungen Helfer gebracht worden und lag ordentlich gefaltet auf dem kleinen Hocker. Friedrich hätte seine Freude daran gehabt. Er mochte es immer aufgeräumt und sauber. Greta war in unserem Zimmer geblieben. Sie mochte nicht in den Park und noch weniger mochte sie den jungen Mann, der sich so freundlich um mich kümmerte, mir Tee brachte und sich zu mir setzte, um zu *schnacken* – das Wort, hatte ich ihm gesagt, gefiele mir und so sprach er immer wieder davon.

Oft frage ich Greta, wie es gekommen sei, daß wir jetzt hier an diesem Ort lebten. Sie antwortet mir nur ausweichend. Dabei weiß ich doch, daß Friedrich tot ist. Ich horche in mich hinein und bemerke, er fehlt mir nicht, Friedrich, mein Wächter. Das ist wie beim alten Herrn Wilhelm. Auch er hat mir bis zum heutigen Tag nicht gefehlt. Aber ich habe es gut, Greta ist bei mir.

Sie war es, die mich geweckt hatte, weil ein lauter Knall sie aus dem Schlaf riß, gleich darauf war ein zweiter erfolgt. Ich solle mich ankleiden und mitkommen, alles müsse schnell gehen. Wohin, Greta? Aber sie antwortete nicht und ich dachte, Kira müsse jetzt helfen, wollte zu ihrer Kabine, aber kaum war ich aus meiner herausgetreten, legte sich das Schiff auf die Seite. Es fauchte wie ein waidwundes Tier. Und überall Geschrei, ein einziger tosender Lärm. Es mußte die Angst sein, die ich nicht mitgenommen hatte, sie war auf das Schiff geschlichen, schrie jetzt und klagte. Ich lief, immer den anderen nach. Wir bewegten uns auf den Seitenwänden, gebückt, dann hob eine unendliche Kraft den Koloß nach oben, er schien auf dem Wellenkamm zu stehen, ehe er wieder zur Seite fiel. War es dunkel oder hell? Ich weiß es nicht mehr, glaubte alles in grünes Licht getaucht, dann wieder in die Schwärze des hereinbrechenden Wassers. Mr. Skylight...! Mr. Skylight...! immer wurde dieser Name gerufen, bis zum Außendeck war es zu hören gewesen. So also hieß die Angst.

Ich schloß die Augen, wurde hochgerissen, in eine Rettungsinsel geworfen. Und nichts von dem, was danach kam, ist mir in Erinnerung. Aber ich bin ja hier und Mr. Skylight bleibt verschwunden. Vielleicht war es ihm nicht mehr gelungen, die Fähre zu verlassen. Großer Gott! Er nahm 852 Menschen mit in die Tiefe. Diese Zahl habe ich mit einer Nadel in meinen Arm geritzt, so kann ich sie nie mehr vergessen.

Langsam wird es kühl. Ich werde den jungen Mann rufen, damit er mich auf mein Zimmer bringt. Das wird ihn freuen, dann kann er wieder mit mir *schnacken*. Kein Tag vergeht, ohne daß er nicht etwas von mir wissen möchte. Es ist gut, ich habe den Jungen gern, er wird nie ein Wächter sein. Aber Greta will nicht, daß ich ihm etwas erzähle. Noch nicht. Vielleicht aber wird sie bald zustimmen. Bei Greta weiß man das nie so genau.

Zuletzt erschienen in der Frankfurter Verlagsanstalt

Christa Hein VOM RAND DER WELT, 452 Seiten	ISBN 3-627-00100-1
Shirin Kumm ROYADESARA, 124 Seiten	101-X
P. Tusset DAS BESTE WAS EINEM CROISSANT PASSIEREN KANN, 384 Seiten	102-8
Claire Beyer ROSENHAIN, 206 Seiten	103-6
Marcus Jensen OBERLAND, 506 Seiten	104-4
Paule Constant SEX UND GEHEIMNIS, 222 Seiten	105-2
Pavel Lembersky FLUSS NR. 7, 204 Seiten	106-8
Jean-Philippe Toussaint SICH LIEBEN, 153 Seiten	107-9
Lucía Etxebarría VON ALLEM SICHTBAREN UND UNSICHTBAREN, 479 Seiten	108-7
Tanja Kinkel GÖTTERDÄMMERUNG, 442 Seiten	109-5
Ror Wolf ZWEI ODER DREI JAHRE SPÄTER, 122 Seiten	110-9
Marielouise Jurreit DER ANTRAG, 287 Seiten	111-7
Peter Henning, LINDA UND DIE FLUGZEUGE, 156 Seiten	112-5
Ángela Vallvey DIE SCHULE DES GLÜCKS, 293 Seiten	113-3
Silvio Blatter ZWÖLF SEKUNDEN STILLE, 301 Seiten	114-1
Bodo Kirchhoff WO DAS MEER BEGINNT, 307 Seiten	115-X
Thomas Weiss SCHMITZ, 127 Seiten	116-8
Marion Poschmann GRUND ZU SCHAFEN Gedichte, 89 Seiten	117-6
Juan Bas SKORPIONE IM EIGENEN SAFT, 320 Seiten	118-4
Jean-Philippe Toussaint DAS BADEZIMMER, 124 Seiten	119-2
Bodo Kirchhoff DER SOMMER NACH DEM JAHRHUNDERTSOMMER, 490 Seiten	120-6
Marc Höpfner TROJASPIEL, 537 Seiten	121-4
Thomas Kunst WAS WÄRE ICH AM FENSTER OHNE WALE Gedichte, 106 Seiten	122-2
Minka Pradelski UND DA KAM FRAU KUGELMANN, 254 Seiten	123-0
Marion Poschmann SCHWARZWEISSROMAN, 319 Seiten	124-9
Steven Sherrill DIE TOTE VOM BIG TOE RIVER, 378 Seiten	125-7
Lucía Etxebarría WIR SIND ANDERS ALS DIE ANDEREN FRAUEN, 318 Seiten	126-5
Laurence Cossé DER 31. TAG DES MONATS AUGUST, 251 Seiten	127-3
Jean-Philippe Toussaint DER PHOTOAPPARAT, 120 Seiten	128-1
Gert Loschütz DUNKLE GESELLSCHAFT, 218 Seiten	129-X
Bodo Kirchhoff DIE KLEINE GARBO, 288 Seiten	130-3
Silvio Blatter EINE UNERLEDIGTE GESCHICHTE, 288 Seiten	131-1
Gert Loschütz DIE BEDROHUNG, 200 Seiten	135-4
Nora Bossong GEGEND, 130 Seiten	136-2
Joachim Hammann DIE HARMONIE DER WELT, 650 Seiten	137-0
Bodo Kirchhoff INFANTA, 500 Seiten	138-9
Ernst-Wilhelm Händler DIE FRAU DES SCHRIFTSTELLERS, 640 Seiten	028-5